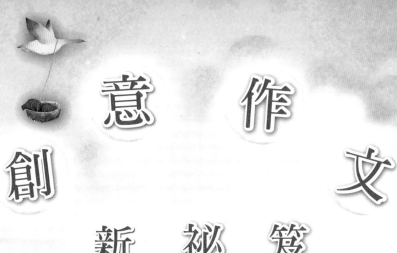

創意作文新祕笈

新祕笈

──觀察學習＋心智繪圖

本書教學法榮獲全國創意教學「優等獎」
中華民國課程與教學學會「實務研發成果獎」

常雅珍　著

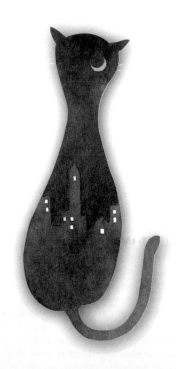

作者簡介

常雅珍，台灣師大教育心理學博士，著有《注音符號教學新法——精緻化教學法》、《全腦開發記憶策略與實務》、《國小情意教育——正向心理學取向》，作品曾獲 2003 年及 2004 年全國創意教學「優等獎」、中華民國課程與教學學會「實務研發成果獎」。曾任頂溪國小教師、空中大學及康寧護專兼任教師、中台科技大學幼保系助理教授，目前任職於長庚技術學院幼保系助理教授。

作者序

　　語文領域是人與人之間溝通的橋樑，不但能豐富孩子的內涵，提昇孩子的氣質，增添孩子的文采，更是學習其他學科必備的傳達工具。語文能力卓越的人，往往「讀書破萬卷，下筆如有神」，在寫作方面揮灑自如；講起話來，精闢入裡、應對得宜，留給人深刻的印象。

　　本書欲透過班度拉「觀察學習論」提供教師教學理念與方法，幫助學生運用全腦開發之「心智繪圖」來寫作，再輔以多元化的成語教學、活動設計及課外閱讀活動，增進學生語文能力的發展。

　　書中的第一篇介紹教師的教學理念「觀察學習」，觀察學習強調作文教學乃透過學生之觀察及模仿能力習得，教學方式上，首先由老師提供示範，引導學生寫作，再透過學生的作品做為楷模，激發其他學生的靈感，最後透過老師的回饋與學生的發表，做為學生的鷹架，提供自我增強的管道，讓孩子在學習中獲得自信，增進自我效能。

　　第二篇說明學生的學習技巧，在修辭技巧方面，老師可以透過「接近聯想」、「相似聯想」及「漫畫法」來增進學習效果；布局方面，則可進一步透過「心智繪圖」取代傳統大綱條列的方式，運用「心智繪圖」寫作，可以兼顧左右腦的功能，使右腦的色彩、影像、想像、整體性與左腦的順序、邏輯、文字能互相呼應。傳統的作文教學，大多強調左腦的應用，忽略右腦的連結，隨著全腦開發時代的來臨，「心智繪圖」正是適合國小中低年級初學者學習作文的一項有利工具。

　　第三篇第一節介紹說故事的技巧，包括聲調的抑揚頓挫、豐富的肢體動作與表情、道具的使用、適切的發問技巧及與台下觀眾的互動。這些技巧若能精熟，則可成為說故事專家，達到出神入化、爐火純青的地步。

　　第二節介紹充實作文能力的相關教學方法，因為作文教學並非單一技能的學習，而應充實相關能力的培養，例如成語教學可以為作文帶來畫龍點睛的效果；設計多元化的教學活動，可以增添寫作的趣味性並引發學生學習的興趣；課外閱讀更能使學生的學習觸角加深加廣、吸收前人智慧的累積，融合成為自己的心得。

　　了解教學理念及方法之後，第四篇介紹修辭技巧，第五篇說明文章布局的方法。筆者將上述方法應用在頂溪國小三年級的作文教學，發現學生對於這種教學方式深感興趣，有88%的學生從原本對寫作畏懼、退縮的信念，轉變為熱愛寫作，筆者也將此一方法教授中台科技大學幼保系的學生，發現學生們均能融入於此一教學中，樂於自動自發上台寫作，筆者匯集學生優良的作品，寫下自己的教學經驗與心得，希望這段師生成長的歷程能與同樣致力於作文教學的老師或家長們分享！

　　感謝毛國楠教授指導學生完成本書，給與許多寶貴意見加以修正，並感謝常秀珍老師校訂本書原稿內容，使本書更臻完善，感謝凌琨珍老師的啟發，並感謝頂溪國小高昌陞老師的幫忙，還有心理出版社林敬堯總編輯之幫忙與用心，使本書得以問世，感謝摯友美貴、淨文多方協助及鼓勵，亦感謝所有學生們用心學習，因為你們的努力，才有精采的作品在此呈現。

目　錄

第一篇 教學理念篇

教師教學理念——觀察學習與自我效能

一、觀察學習的理念

　　社會學習論者班度拉強調學習是「在社會情境中個體的行為受別人的影響而改變」（張春興，1996），亦即行為是透過觀察和模仿而來，藉由觀察他人的行為表現，而獲得學習。

　　為了說明觀察作用的效果，班度拉進行一系列的實驗，他將四到六歲的兒童分成兩組觀看電影，電影中有一個男子表現出四種攻擊行為，影片快結束時，A組的兒童看到男子受獎勵，B組的兒童看到男子受懲罰，兩組的兒童再被要求模仿電影中男子的四種攻擊性行為時，均能精確模仿，兩組並沒有差異，可見兩組均習得攻擊行為反應。但是在自發的表現行為上，看到電影男子受獎勵的A組兒童比看到男子受懲罰的B組兒童，表現出更多的攻擊行為。

　　藉由他人的學習經驗而學得新經驗的學習方式，稱為「替代學習」（vicarious learning），因此，觀察學習也是替代學習的一種，也就是個體透過觀察他人與環境交互作用的結果，即可產生學習，學習並非僅限於個體本身與環境交互作用或直接經驗才可產生改變（羅瑞玉，1993）。

　　依據班度拉的社會學習論，個體經由觀察「楷模」來進行學習。在學習過程中，因學習情境及學習者心理的不同，產生以下幾種不同的模仿方式：

1

（一）直接模仿（direct modeling）

人類生活中的基本社會技能都是經由直接模仿而來的，例如幼兒期的牙牙學語、孩子學寫字等都是經由直接模仿而來。

（二）綜合模仿（synthesized modeling）

是指學習者經由模仿歷程學到的行為。這種學習並非直接模仿「一個人」，而可能模仿許多相似的行為，自行綜合所得的學習行為。例如兒童看到爸爸在書桌上畫畫，又看到媽媽坐在地上看書，兒童可能綜合所見，坐在地上畫畫。

（三）象徵模仿（symbolic modeling）

學習者並非模仿「楷模」的具體行為，而是模仿其性格或其行為所代表的意義。如英雄人物所代表的勇敢、正義之特質，會引起學生模仿其正義、勇敢的特質，此即象徵的模仿行為。

（四）抽象模仿（abstract modeling）

學習者從觀察學習中學習到的並非具體的行為，而是抽象的原則。例如數學老師的解題，可以使學生學習到解題的原則，此即抽象模仿。

　　另外，班度拉將觀察學習分為四個歷程：

（一）注意歷程（attentional processes）

進行楷模學習時，首先應掌握「注意」的過程，因為個體的知覺有其選擇性，當楷模行為不足以吸引學習者的認知時，難以產生楷模行為。

Bandura（1977）、羅瑞玉（1993）、施良方（1996）的研究發現決定何者被注意的因素有五：

1. 觀察者本身處理訊息的能力，會影響其從觀察中吸收經驗的多寡。

2. 個人會受到先前的增強所影響。例如，先前從觀察學習活動中獲得的強化行為，在下次類似的情境中，此行為將先受到注意。

3. 觀察者較常接觸的團體或個人對其影響自然最大，在團體中表現最為突出的個人也會受到較大的注意，Bandura 和 Walters（1963）研究發現，兒童最喜歡模仿心目中的重要他人，如同性別、獲榮譽、出身高層社會及富有家庭的兒童或是同年齡同社會階層的兒童；最不喜歡模仿作風獨特或受處罰的兒童。

4. 楷模的行為是否明確易識、新奇、簡單或是複雜等都會影響觀察者的注意。

5. 有些榜樣作用具有內在獎勵的性質，以至於他們能在長時期裡吸引所有人的注意，例如電視節目中的榜樣作用就是一個例子，電視裡呈現的榜樣是如此有效的吸引人們的注意，以致觀察者不知不覺學到許多他們在看的內容。

（二）保留歷程（retentional process）

　　如果學習者注意到楷模的行為，卻未將其行為保留在記憶中，此種學習是沒有意義的。所以必須將觀察到的行為，轉換為表徵性的心像或是語言符號，才能將它保留在記憶中（張春興，1996）。

　　班度拉認為保留的歷程有兩種方式（許道然，1994）：

1. 以形成心像的方式保留其外在刺激：如學生在課堂上觀察數學老師如何解題，其解題的方法及思考脈絡將存留於學生的腦海中，輪到該學生解題時，他會應用老師所教的解題方法，這就是心像作用，在兒童早期階段，缺乏語言技能時，視覺心像有重要的作用。

2. 以言語編碼的方法記憶楷模的行為：例如有人帶我們走一條近路，為了下次能自己走這條路，我們通常會把視覺訊息轉換為言語編碼（例如：先左轉看到便利商店再右轉）。

　　班度拉認為言語編碼尤其重要，因為大多數的認知過程，乃是根基於語文而非視覺，所以班度拉認為一旦訊息以認知的方式儲存起來，它便成為一種符號化的高級能力，能使人經由觀察學習到更多的行為。

（三）行為塑造歷程（behavioral production process）

個體經由注意及保留的歷程將所觀察到的楷模行為納入記憶中，何時能將此行為自行表現出來呢？班度拉主張觀察者能模仿楷模行為之前，仍需要認知的複誦，亦即將自己的認知方式與複製的楷模做比較、修正及回饋，在不斷自我觀察及調整校正下，逐漸使個體的行為仿同楷模的行為（羅瑞玉，1993）。

仿同過程（modeling process）包括模仿和認同，其相關的效應如下（羅瑞玉，1993）：

1. 觀察學習的效應：觀察者看別人的表現，獲得新的學習模式，當事人要有觀察及整合動作，才能將行為表現出來。例如五歲的孩子仔細觀察爸爸搬桌子，但是孩子無法模仿得好，因為他沒有能力將獲得的學習模式表現出來。
2. 抑制效應：楷模行為若得到懲罰的後果，將使觀察者抑制此行為的發生。
3. 反抑制效應：若楷模從事不正確的行動，如犯罪、偷竊卻未得到不利的後果，此時將使觀察者減少抑制，使原先抑制的行動增加。
4. 反應助長效應：某些沒有抑制且已學會的反應，會經由楷模的帶領，而助長行為的發生，例如流行的趨勢，隨著明星的穿著而帶領風潮，就是反應助長效應的呈現。

在楷模學習中，同儕扮演著舉足輕重的角色，但老師也非常重要，因為老師是唯一可以適時提供示範的人。Meichenbaum（1977）所提出的仿同作用中，有效的學習策略可分為以下的步驟：

1. 為學生解釋新技能的重要性。
2. 示範完整的程序供學生觀察。
3. 將程序分解為小部分。
4. 要求學生根據老師的指示分部演練。
5. 要求學生根據老師的指示整體演練。
6. 鼓勵學生能透過自我指導（self-directed）的方式來進行學習。

（四）動機歷程（motivational processes）

　　「增強作用」在動機階段占很重要的地位，「增強」有兩種主要的功能（郭順利，1998）：

1. 使觀察者產生「期待」，假如其行為能如同楷模表現特定行為一樣受到增強，將有利於表現的再次發生。
2. 增強行為（例如讚美、獎賞或鼓勵）如同誘因，能使學習轉換為行為的表現。

　　然而，經由楷模受獎勵或懲罰的結果，來決定行為的表現，這是受「外部替代強化」的影響，個體也可以透過觀察自己行為的後果來調節自己的行為，也就是根據自己內部的準則，對自己的行動所做的評價來調節反應，班度拉在七到九歲兒童的遊戲中，發現兒童的自我評價也會受楷模作用而影響，採用與楷模類似的自我獎勵標準（施良方，1996）。

二、自我效能

（一）定義

　　自我效能是指個人對於自己能夠獲致成功所具有的信念，而此信念乃是對自己完成某種行動的能力判斷。孫志麟（1992）將自我效能的實質涵義歸納為三點：

1. 自我效能是屬於特殊情境的構念：自我概念並非全面性，而是僅限於特殊的社會行為。
2. 自我效能是一種能力的信念：信念是指個人接受何者為真的觀念，自我效能是指個人對自己能力上的真實信念。
3. 自我效能具有動力的作用：自我效能涉及個人如何成功的完成某種行動的判斷，因此，它具有激發行為產生的作用，是行為的動力來源。

（二）來源

自我調適是增進自我效能的關鍵，個人從直接或替代性的經驗中學到的事物，成為行為表現的標準，這些標準是自我評量的基礎。自我評量的內在增強，比由他人所給與的外在增強更有影響力，可以幫助個人逐漸發展出自我指導的能力，不論是正向或負向的自我效能，其基本來源有四（高源令，1996）：

1. 實際成就（enactive attainment）

透過真實的體驗，是四種訊息中最有影響力的資源。成功的經驗會提高自我效能的評估，在一連串成功的經驗後，個體會發展出較大的自我效能，即使偶然的失敗，也會將失敗歸因於錯誤的策略或不夠努力，而非無能，因此較容易克服困難以面對下一次的挑戰（Bandura, 1982）；反之，事情一開始就失敗，對自我效能的負面影響最大，一再重複的失敗更會降低個體的自我效能。

2. 替代性的經驗（vicarious experience）

看到別人與自己有相似的成功表現，可以提昇自我效能的知覺，並說服自己「別人行，自己也行」，當觀察者缺少直接經驗、不確定自己的能力水準及較少類似的人成功，也會使觀察者降低自我效能的評估。

3. 口語說服（verbal persuasion）

口語說服可以讓人相信自己有能力完成目標，進而提高自我效能，勇於嘗試不同的經驗；根據 Schunk（1984）的實驗，算術能力較差的學生，經過一段時間努力後，教師因其學習進步而給與歸因回饋，將有助於自我效能的提昇。

4. 生理狀況（physiological state）

自我效能的評估，有時也與個人的生理狀態有關。高度的情緒激動會破壞表現，極度的恐懼不安也會造成害怕和焦慮，不利於實際的行為表現。此外，興奮也會對自我效能造成影響，高度成就的人常將興奮視為短時間的反應，認為它對表現是有益的；低成就的人常將興奮或激動視為能力不夠，於是全神貫注於身體五臟六腑的反應，使自己更加興奮與激動，因而減低行為表現的能力（施良方，1996），因此，中度興奮有助於行為的發展，高度興奮則造成不安。

　　情緒也會影響個人的自我效能，悲傷的情緒易引發失敗的聯想而減低自我效能，快樂的心情會讓人充滿成功的希望，所以正向的心情對自我效能最有幫助，其次是中性的心情，長期處於負面情緒下，則容易自認無能、自暴自棄（高源令，1996）。

　　高自我效能者，能保持樂觀的心情，對有信心的事物勇往直前、愈挫愈勇；低自我效能者，則較為畏縮，一碰到挫折，就半途而廢，因此發展自我效能非常重要。表1-1列舉自我效能高者與自我效能低者在行為表現、壓力水準、持久性及目標設定上的差異（吳幸宜譯，1994）。

表1-1
自我效能高者與自我效能低者之差異

	自我效能高者	自我效能低者
與作業有關的行為	1. 面臨困難時更努力。 2. 遇到困難時，習得的行為更強化。 3. 集中努力與注意力。	1. 洩氣。 2. 遇到困難時，可能完全放棄。 3. 注意到個人的缺陷和難處，並將這些問題誇大。
長期效應	1. 參與各種活動與經歷，促進自我成長。 2. 在有負擔的情境中，個體不覺得有壓力。 3. 失敗的原因通常是不努力而非沒有能力。 4. 追求有挑戰性、個人有興趣且投入的目標。	1. 逃避豐富的活動和環境，因而阻礙了發展。 2. 在各種表現的情境中，個體為焦慮和壓力所苦。 3. 把注意力放在自己的缺陷上，因而損及個人技能的有效應用。 4. 追求較小的願望，成為躲避壓力的機轉。

（引自吳幸宜譯，1994，p.372）

（三）影響因素

自我效能的影響因素眾多，可以歸納為下列幾點：

1. 學習成果

學生希望透過何種學習材料來學習將影響自我效能，當學生過去在考試方面表現差，又要接受考試，將產生焦慮而導致低效能，相反的，如果學生在過去做報告都得到好成績，那麼他們的自我效能高，就會覺得自己將寫出好報告。

2. 內容難度

學生學習時，覺得工作難度過高，將會減少自我效能，相反的，學生相信容易學習則會增加自我效能。

3. 策略訓練

Schunk（1985）發現策略訓練可以增進自我效能，Bandura（1982）有效的運用策略將增進學習結果的控制感，提昇自我效能，所以策略訓練可以增進能力歸因和自我效能。楷模也是策略訓練的重要成分，認知的楷模透過放聲思考工作規則及操作刺激學生去應用策略（Meichenbaum, 1977）。

同時，策略也可以傳達工作需要的訊息，以幫助克服困難及提昇不同工作的成功率（Baker & Brown, 1984; Borkowski & Cavanaugh, 1979）。Brown、Palinsar 和 Armbruster（1984）強調有效率的策略訓練有三個成分：

（1）策略需要教導和應用。

（2）在應用策略時實施自我調節及監控訓練。

（3）在不同的工作時傳達策略價值的訊息。

以外在語言陳述工作的成分步驟，是內在語言的一種，有自我調節的功能，可以促進學習（Harris, 1982; Vygotsky, 1962）。對衝動、學習障礙、情緒障礙的小孩最有用（Borkowski & Cavanaugh, 1979; Hallahan, Kneedler, & Lloyd, 1983），可以改善表現，增進對學習結果的個人控制，增進表現預期（Licht & Kistner, 1986）。其作用有三：

（1）幫助學生注意重要工作的特色。

（2）協助策略編碼和保留。

（3）幫助學生以有系統的方式工作（Schunk, 1985）。

4. 教學呈現

　　老師以學生能理解的流行語與學生對談，使學生對學習產生較高的自我效能，此外，老師對教學時間的應用也很重要，提供不同的訓練方式（像教導、練習、複習），將增進自我效能。

5. 表現回饋

　　當學生不知道他們在學習上是否進步時，老師的表現回饋很重要。

6. 楷模

　　學生每天接觸許多老師和同儕，不僅發生在老師說明技巧時，也發生在同儕比較時，楷模的應用要點如下：

（1）學生根據個人的歸因（年紀、性別、背景）或能力來評估相似性，當楷模能力相似或稍微高時，提供個人評估能力最好的訊息（Suls & Miller, 1977），學生觀察相似的同儕學得好，也會相信自己能做得好（Schunk, 1985）。

（2）高名望和權力的楷模比地位低的楷模更能提供觀察學習的訊息。

（3）Perry 和 Bussey（1979）證明楷模的數目也會影響自我效能，「唯一楷模」不如「許多楷模」的效果，多種楷模對在學校遇到困難的學生會有高度的影響。

（4）因應楷模（coping model）比完美楷模（mastery model）更能增進觀察者楷模的相似性，因應楷模的學習者剛開始對學習產生防衛和恐懼，但是他們逐漸改善表現並增進信心，證明努力和正向的自我內言可以克服困難（Kazdin, 1978）；完美楷模代表沒有錯誤的表現，一開始就具備高度自信。

7. 目標設定

　　目標設定也會影響自我效能，包括特定性、困難度及適合度（Bandura,

1986; Locke, Shaw, Saari, & Latham, 1981）。

（1）特定性：普遍性目標（像「盡力而為」）不能提昇動機，此種外顯目標又不容易測量，此時若將目標納入特殊的表現標準（例如「最少寫完三段七行」），則可以提高動機，增進自我效能。

（2）目標困難度：學生剛開始會懷疑自己是否能達到困難的目標，如果達到了困難的目標會比達到容易的目標提供更多能力的訊息，增加更多自我效能。

（3）目標的適合度：當學生觀察到能達成較近的目標，就會傾向相信自己有能力面對未來的學習。例如很多學生懷疑自己是否有能力寫出期中報告，老師就應該協助學生將工作分成短期目標（像選擇題目、計畫研究背景、寫綱要），如此，會使學生感到更多的自我效能感。

8. 酬賞

　　Lepper 和 Greene（1978）認為提供酬賞可以提昇工作表現，酬賞有助於學生的學習效能，當酬賞和實際表現連結，就可以增進自我效能；當酬賞沒有和實際表現連結，可能會有負向的效能訊息，學生可能推論他們能力不足所以自我效能低落。

9. 歸因回饋

　　能力的歸因是重要的，因為以較多能力較少努力做歸因，學生會感到有自信學習，歸因回饋的時機也很重要，早期工作成功，老師的能力回饋可以增進自我效能。

（四）觀察學習和自我效能在作文教學上的應用

　　班度拉認為透過觀察學習可以促進學生的自我效能，如何將抽象的理論應用於實際的教學中呢？以下提出幾點建議：

1. 教學難度適中，以生動有趣的活動、故事或遊戲來引導學生學習，較能增進學生的自我效能。

2. 提供多位學生成功的作品為楷模比僅找單一學生作楷模，效果更佳。

3. 當學生對於寫作技巧及方法尚未精熟時，提供「努力」歸因，可以提昇學生練習的意願；當學生達到精熟時，應該適時給與「能力」歸因的訊息，所以老師給與學生的歸因回饋應該是階段性的；對於經過努力仍無進步的學生，可以給與「策略不適當」做為有建設性的歸因。

4. 因應楷模從初學至精熟，與學生的學習表現相較，相似性較高；完美楷模一開始便成就優越成果，相似性較低，所以老師在教學時應該除了提供自己的範例做為「完美楷模」之外，更應給與學生多樣化的「因應楷模」，讓學生感受到同學能，自己一定也能做到。

5. 策略教學十分重要，傳統的教學方式大多由老師提供固定的題目及綱要，要求學生寫作，缺乏策略的引導，在本書中提供多種寫作修辭及架構的教學策略，開拓孩子的視野及想像力，運用各種感官，達到左右腦平衡的效果。

6. 對於學習落後的學生應提供明確的目標（例如修辭技巧至少寫五行）來取代模糊的目標（例如「盡力而為」），如此可以增進學生達成目標的動力。

7. 讚美學生的作品時應提供適切的訊息：例如「你花了很多時間在這上面」會比「這是最好的一篇作文」來得好，因為前者強調努力，後者卻易使人聯想到競爭，讓當事人一直想得第一；又如「你的作文寫得愈來愈好」會比「你的作品比別人棒」來得好，因為前者強調學習態度，而後者強調外在表現（Stipek, 1988）。強調自我求進步的學習目標式讚賞會引起內在歸因，增進孩子的內在動機；強調表現贏過別人的表現目標式讚賞，會引起孩子外在歸因，反而不利於內在動機。

8. 用心的讚美更勝一般性讚美，原因在於舉出具體的事項：欣賞孩子作品時，告訴他：「小強，最後一段描寫落日的情景真美，讓人彷彿身歷其境！」會比「寫得不錯」更受肯定。

9. 教師應提供適時的回饋，教師的回饋對於尚未建立自信的學生，帶來極大的增強效應，公開的正向回饋成效更甚於私下的正向回饋，老師應經由回饋逐漸建立起學生「能力」的訊息，進而幫助學生達到自我增強的境界，對於自己良好的表現，不需外在的獎勵，自己的內心即給與最大的掌聲。

第二篇　學生學習技巧

以心智繪圖引導

在孩子的童心裡，畫畫塗鴉的時光最開懷舒暢，因為想像空間可以無限延伸，無比寬廣。筆者在過去做過的問卷調查中發現，三年級以下的學生在心情不好時，喜歡透過畫畫來抒發內心的感受，高年級學生則喜歡透過上網、運動及向朋友傾訴等方式處理負面情緒，因此老師若能藉由繪畫來輔助寫作，對初學作文的小朋友來說，將發揮意想不到的效果。

筆者在本書中將「心智繪圖」的技巧應用在三年級學生身上，運用全腦開發的理念，結合右腦的色彩、影像、想像、整體性，以及左腦的語言、文字、順序、邏輯，落實於作文教學中，幫助學生以嶄新且富創意的方式來寫作，以下分別就修辭技巧的繪圖及布局所應用之心智繪圖加以說明。

一、修辭技巧繪圖法

第四篇的十三種修辭技巧，筆者運用「接近聯想」、「相似聯想」及「漫畫法」來激發學生的靈感，以下分別簡要敘述。

「聯想法」是透過聯想力的連結，不斷激發學生的想像力，將此法應用在寫作修辭上，學生寫作時將更加得心應手。黃秋芳（1999）的聯想網路中，提出「接近聯想」的理念，指出當聯想的東西是在接近的地方和接近的時間一起出現時，可以促進靈感的產生，例如從「肥皂」聯想到「肥皂盒」，從「玫瑰花」聯想到「蜜蜂」和「蝴蝶」等，通常在「擬人法」的修辭技巧中時常應用得上，以下舉例說明。

 擬人法

牆壁　頂溪國小三年級　吳彥均

我是牆壁，我知道很多事情，因為每天都有人在我身上貼海報。我無聊的時候，就會有乞丐來陪我，那些乞丐無家可歸，真是可憐，還有狗兒會在我的身邊玩耍。

圖2-1　「接近聯想」範例

黃秋芳（1999）提出的第二種理念是「相似聯想」，由甲物聯想到形狀相似或功能相同的乙物，例如看到「燈泡」聯想到「太陽」，或許是形狀相似，也可能是因為同樣會發光發熱，類似的聯想大多應用在「譬喻法」和「誇張法」，以下舉例說明。

 譬喻法

麥克風　頂溪國小三年級　洪莉雯

麥克風像冰淇淋，聲音小的人用了它，就變成了大聲公，可是他的頭很脆弱，一不小心，就會頭殼壞掉，然後傳出怪聲，好像在求救一樣，讓人心驚膽跳，所以我們要好好愛惜它。

圖2-2　「相似聯想」範例

也有同學喜歡以「漫畫」方式呈現，這未嘗不是一個可行的方法，在漫畫普及的現在，以漫畫方式來表達寫作的內涵，讓孩子覺得更加生動有趣，以下舉例說明。

擬人法

垃圾桶　頂溪國小三年級　賈起銘

我是一個垃圾桶，我專門吃垃圾，每天都會有人把垃圾丟進我的嘴巴裡，可是有時候貓咪跑來搗蛋，把我滾來滾去，害我把嘴巴裡的垃圾吐得滿地都是，還有狗會把我當作電線桿，在我的身上撒尿，真討厭！有一些沒愛心的小朋友拿樹枝打我，好痛！

圖2-3　　「漫畫聯想」範例

二、寫作布局方面

過去，「心智繪圖」多應用在記憶方面，應用在作文上，能幫助整理紛亂的思緒，使主旨更加明確清晰，孩子在寫作中，不僅獲得成就感，也從中找到學習的樂趣及自信，寫作將不再枯燥乏味，而進入多采多姿的想像天地。

心智繪圖的創始者Tony Buzan認為傳統的條列式綱要不符合大腦的運作方式，透過心智繪圖放射性的環接和融合，才是符合大腦運作的方式。孫易新

（2002）將製作心智繪圖應注意事項歸納為下列幾點：

（一）主題在中央：使用彩色的圖像做為主題，可以吸引注意力，激發想像力。

（二）色彩的使用：色彩可以激發創造力，豐富圖畫的生命力。

（三）文字的使用：文字的使用盡量力求簡潔，以關鍵字為主。

（四）放射性的結構：順時針或逆時針的方式，可以依照個人的習慣而定。

　　心智繪圖的優點如下：

（一）學習主題明確。

（二）繪圖時愈靠近中心的觀點愈重要。

（三）具備整體架構，使人一目瞭然，擺脫傳統大綱的繁複形式。

　　此外，筆者觀察學生學習的情形，發現過去條列式的大綱陳述方式，較難引發學生創意思考，透過心智繪圖的方式，由於具影像和整體性，可以幫助孩子寫作結構更加嚴謹，想像空間更加寬廣，是一種值得一試的寫作新方式。

　　老師在引導孩子學習心智繪圖時，應先提供示範，幫助學生了解，透過圖畫的解說，傳達繪圖寫作的訊息，學生看到老師的心智繪圖，便可心領神會，畫出自己的心智繪圖，學習效率提高。

　　以下以「我」做為題目，老師先在黑板上畫出中央主題「我」的形象，再以興趣、家人及夢想做為三大分支，以此篇文章為例，我的興趣是閱讀、爬山、游泳，我的家人有溫柔媽媽、小狗老公、善良姊姊、強壯大弟及帥哥小弟，我的夢想是做一個好老師及專業的研究工作者，從三大分支中去聯想自己的特色，繪出心智繪圖後，接著寫出文章的內容。

我　常雅珍

　　我的興趣是閱讀、爬山、游泳，閱讀是我的最愛，它不僅能幫助我吸收別人的經驗，也可以淨化心靈、增長智慧。每到驕陽如炙的夏天，我最喜歡去游泳，自由自在地在水裡悠游，享受清涼的水中世界；寒風凜冽的冬天，我喜愛徜徉在風光明媚的山間小徑，呼吸新鮮的空氣，爬山後雖然汗流浹背，但是那種心曠神怡的感受，令人身心舒暢。

　　我的家人有溫柔媽媽、小狗老公、善良姊姊、強壯大弟及帥哥小弟，你一定很納悶為何叫「小狗老公」吧？因為老公生肖屬狗，而且非常愛狗；至於「溫柔媽媽」在我成長

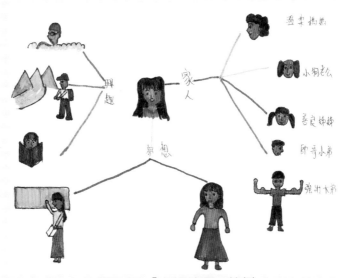

圖2-4　「心智繪圖」範例

過程中，一直無微不至地照顧我，說話總是輕聲細語，像柔順綿羊一般。

　　我的夢想是做一個好老師及專業的研究工作者，可以結合理論與實際，創新教學方法，帶給學生歡樂和成長，其次，我希望做一個好媽媽，陪伴孩子快樂長大。

　　老師可以選擇一些優良的作品做為學生的「楷模」，應避免選擇直接模仿老師示範作品的文章，最好選擇與眾不同、具有創意的文章，才能激發其他同學更多的靈感和想像力。

　　我　頂溪國小三年級　賈起銘

　　我的興趣有玩玩具、畫畫、作家事、寫作及游泳，你們猜一猜，其中我最喜歡哪一樣？告訴你，那就是游泳。

　　我的家人有胖爸爸、短髮媽媽、小豬妹妹、八哥和烏龜，我的胖爸爸，肚子像一個球；我的短髮媽媽，頭髮很短，短得像男生；我的小豬妹妹也很胖，所以我叫她小豬妹妹；我的八哥最喜歡吵架，過去我有兩隻八哥，牠們時常鬥嘴，後來有一隻八哥的屁股發炎，媽媽把牠放生了，所以只剩下一隻八哥了；我的烏龜有一項特異功能，就是牠能從鼻子噴水出來，但是牠也會咬人，有一次我餵烏龜吃肉，結果烏龜竟然咬到我的手指，爸爸還說被烏龜咬到的地方會長石頭。

　　我的夢想是希望我們家很有錢，媽媽說如果我們能中樂透彩，要買一棟房子，再捐出五分之一幫助貧窮的

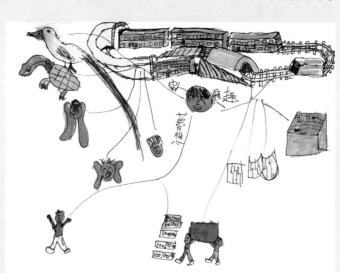

圖2-5

人，剩下的錢要存起來，其實我最大的夢想，就是希望家人平安幸福、健健康康。

我　頂溪國小三年級　張朝陽

　　我是張朝陽，我的興趣是看書、畫畫、看電視和打電動，其中我最喜歡看書，因為看書可以增進知識，充實自己。

　　我家有愛心哥哥、廚師媽媽和強壯爸爸，「愛心哥哥」為人大方，我需要的東西，只要向他開口，他就會立刻借我；「廚師媽媽」的手藝高人一等，煮出來的拿手好菜，令人垂涎三尺；「強壯爸爸」力大無窮，再重的東西也能一肩扛起。

　　我的夢想是考上醫學院，畢業後成為一位醫生，因為當醫生可以救很多人，是非常有意義的工作，所以我希望長大後做一個濟世救人的好醫生。

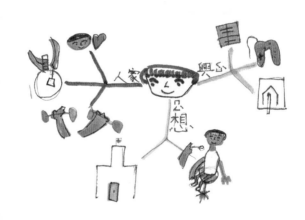

圖 2-6

第三篇　提昇語文能力的相關教學

第一節　教師說故事能力的培養

看到孩子聽故事時陶醉其中的畫面和神情，會讓身為老師的我們，感受到故事的吸引力。故事人人會說，但是要說得好，卻未必容易，想要達到出神入化、爐火純青的地步，更須下一番苦功。

教師走上台說故事時，必須擺脫傳統的角色束縛，將自己置身於故事的情境中，畢竟能感動自己的故事方能感動別人，方能真正帶領孩子走進童話的世界裡，以下分別就說故事的技巧、故事題材的選擇及故事資料庫的建立加以說明。

壹、說故事的技巧

一、抑揚頓挫的聲調扣人心弦

用平鋪直敘的聲調說故事，往往無法使孩子的視線聚焦，因此好聽的故事，若是沒有抑揚頓挫的聲調加以詮釋，猶如構圖之後忘了著色，故事的內容也會隨之黯淡無光，平淡無奇。唯有隨情節高低起伏的聲調，才能使孩子具有臨場感，例如故事中談到轟然巨響時，聲音要隨之擴大，論及害怕緊張時，聲音隨之顫抖變小，故事方能扣人心弦，林敏宜（2000）指出音量的大小、聲調的高低、語氣的輕重緩急，往往使孩子的心情隨著劇情的變化而起伏。

21

二、透過聲音扮演不同的角色

故事中除了緊湊的情節外，角色也十分重要，一個成功的說故事者，應該試著用自己的聲音來詮釋多種不同的角色，故事中提到老人，說話隨之放慢低沉，提到小孩，則應純真清亮，若是男性角色，要展現渾厚低沉的嗓音，若是女性，可提高語調，加快速度。

三、豐富的肢體動作及表情引人入勝

聆聽一場唱作俱佳的演說或故事時，你會發現自己有70%是受到演說者豐富的肢體動作及表情所吸引，因此手勢和動作在說故事中扮演著不可或缺的角色，但運用時須恰如其分，若是內容和動作不能相互配合，反會讓人感到一頭霧水。

四、配合道具的使用相得益彰

道具的使用，對於年紀小的學生更為重要，因為道具可以幫助學生聚焦，並將形象具體化，因此林敏宜（2000）指出透過教具來說故事，可以加深孩子感官的接受力與理解力。道具的應用，除了購買現成道具外，也可以親自動手做，如手偶或絨毛玩具，頭套或傀儡戲等等……。在多媒體時代的今日，若能將故事數位化，透過掃描技術將書籍製成powerpoint，不僅帶給小朋友聽覺的刺激，更能達到視覺饗宴的效果！

決定好使用的道具之後，還要事先演練及操作，才能達到預期的效果，反之，若是不經練習，屆時手忙腳亂，反而事倍功半，效果大打折扣。

五、避免笑場、口頭禪及贅詞

初學說故事的人，上台容易緊張，覺得不好意思而笑場的情況時常發生，也容易出現口頭禪及贅詞的語病，一段話中出現了許多「然後……然後」的口頭禪或是「ㄟ……ㄟ」等贅詞，便使故事內容大打折扣。

六、透過發問引起學生討論與思考

說故事的主要目的並非只讓孩子覺得有趣、好玩或新鮮，更重要的是希望透過故事的潛移默化引導學生價值觀方面的調適與轉變，因此發問的技巧及問題的討論不可或缺。

教師在發問時，應兼顧封閉性問題及開放性問題，封閉性問題可以從故事中找到正確的答案，例如「白雪公主吃了巫婆所賣的哪一種水果，就中毒昏倒了？」，從此一封閉性問題中可以了解孩子的專注力，幫助孩子了解故事內容。

封閉性問題之後，應該進行開放性問題，讓孩子深切思考故事中所學到的價值觀。開放性問題可分為三類，循序漸進地啟發孩子：

1. 讓小朋友設身處地去體會故事主角的問題，以「假如你是……」的開放式疑問句，讓孩子進入圖畫書角色的世界，想一想自己如果身臨其境會有什麼想法和做法（方淑貞，2003）。
2. 並且問孩子在現實生活中是否遇到和主角類似的情形。
3. 聽完故事後，問孩子是否引發新的想法和做法。

七、適時與台下互動

任何精采的演出，必然要與觀眾有所互動，教師在說故事的當下，也可以

適時地提出一些問題和台下的觀眾互動，例如：「小花走著走著就迷路了，你們幫她想一想，應該怎麼辦呢？」除此之外，可以將故事的主角以認識的小朋友名字來替代，讓大家聽起來格外親切，更容易投入其中。

八、眼神與學生接觸

方致芬（2004）指出要成功講述故事，眼神的接觸尤其重要。老師在講述故事的同時，目光要注視四方的學生，讓每一個學生都感受到老師對他們的重視，進而增進孩子的專注力，學生更能聚精會神地進入故事情境之中，而非注視道具。

貳、故事題材的選擇

一、繪本或童話故事

繪本不僅具有故事情節，美妙的插圖更能引發孩子的學習興趣，寓教於樂。童話則是一種有內容、有人物的故事情節，是兒童幻想力的最佳表現，能吸引孩子並適合孩子的經驗範圍，是兒童文學的支柱，脫離現實與以動物為主角是童話故事的兩大特色（李明傑，1998）。

二、偉人傳記

Bandura（1977）認為自我效能可以增進自信心，其中透過口語說服可以讓人相信自己有能力完成目標，進而提高自我效能，勇於嘗試不同的經驗。偉人傳記正是給孩子模仿和學習的最佳範本（李明傑，1998），可以讓孩子看到偉人如何在挫折中奮發向上，努力不懈。

三、報紙時事

從報紙新聞中，可以發現有益於學生砥礪人格及生活教育的材料（王淑俐，1994），透過這些時事的驗證，對學生更加具有說服力。

四、親身體驗與觀察

老師自己從前的經驗、目前的體悟、眼前的觀察或別人的傳述，生活之中俯拾皆是說故事的題材（王淑俐，1994），老師的生活層面愈廣闊，願意細心體會與觀察，愈能激發引人深思的生活點滴，鍾家瑄（1992）也指出學生最愛聽的故事就是「老師的故事」。

參、故事資料庫的建立

如何信手拈來就說得出一個精采的故事呢？關鍵就在於故事資料庫的建立。然而每個人的記憶力是有限的，所以故事資料庫須透過摘要記錄、歸類及活頁夾保存三重步驟，以下分別加以說明。

一、摘要記錄

看到一個有意義的故事，記得當下加以摘要記錄，將故事中所發生的角色及重要情節記錄下來。

二、歸類

接著必須將故事加以歸類，歸類的原則最好依據故事內涵所傳達的寓意來

25

分類，例如「拼被人送的禮」、「愛心樹」及「快樂王子」都強調助人的重要性，因此可以歸入「助人」的類別，而「謝坤山的故事」、「汪洋中的一條船」或「周大觀的故事」則說明樂觀的重要性，可以歸入「樂觀」的類別。

三、活頁夾保存

這些小卡片最好是以活頁的方式記錄，記錄好之後可以放進活頁夾，如此增加資料或刪減資料輕而易舉，也不會因此資料的增加而顯得凌亂。

肆、結 語

故事不僅能激發孩子的學習動機，擴展孩子的生活經驗，豐富孩子的想像力及創造力，更能促進師生間的交流，拉近彼此間的距離，潛移默化中，也能提昇孩子的語文能力，可謂一舉數得！因此說故事的技能實是每位老師必備的教學技能。

第二節　成語、課外閱讀、活動設計的教學

在九年一貫課程中，如何在語文領域的教學中，發揮教師的專業知能，充實孩子的語文知識，幫助孩子提昇語文能力呢？除了寫作教學之外，以下提出三大方針：

一、成語教學

成語是古人智慧的結晶，也是經驗的累積，文化的寶藏。寫作時運用適當的成語，可使文章蓬蓽生輝，具有畫龍點睛的效果。成語教學若能結合典故，

以趣味化、遊戲化、活動化等輕鬆活潑的方式幫助學生學習，會讓孩子學得更有樂趣；反之，若是一味的要求學生背誦，則會流於枯燥乏味。

　　以下將成語教學的方式舉隅，陳列如下：

1. 老師先配合單元主題，介紹相關的成語：例如老師教到關於「春天」的課文，就將有關春天的成語做系統化的整理，包括：春暖花開、萬紫千紅、綠意盎然、朝氣蓬勃、百花盛開等等，介紹給學生。

2. 老師或愛心媽媽安排「成語故事時間」：將一些有趣的成語，諸如「月下老人」、「池魚之殃」、「東施效顰」的典故，以故事的方式呈現，讓孩子了解中國古老智慧的來龍去脈。

3. 設計相關的成語活動：例如「成語大富翁」、「成語接力」等，透過遊戲啟發孩子對成語的興趣。

4. 善用「每日一句」：國小中年級的聯絡簿中，每天教一句成語，並請學生加以造句，讓成語應用在日常生活中，低年級則可以用畫畫的方式，表達出成語的意思，透過這樣的方式，使學生展現巧思和創意。

圖 3-1

二、課外閱讀

　　杜甫詩中云「讀書破萬卷，下筆如有神」，可見閱讀對寫作有很大的幫助，寫作並非閉門造車，而應集思廣益，累積前人智慧的成果。因此課外閱讀在寫作上扮演重要的角色，透過課外知識的學習，能幫助孩子開拓視野，增廣見聞，使寫作時旁徵博引，觸類旁通，創作出令人拍案叫絕的好文章。

　　對小學中低年級的學生而言，如何激發與生俱來的求知慾，引發孩子課外閱讀的習慣，實需師長與父母的啟發與引導，以下提出筆者幾點實務上的建議：

1. 引導學生做範文剪貼、心得感想及佳句摘錄：學習與成長並非一蹴可幾，需要長時間的醞釀和培養，課外閱讀的方式也不應囫圇吞棗或一暴十寒，所以師長應培養孩子每日閱讀一些優良的文章，剪貼在簿子上，並寫下心得感想及佳句摘錄，日積月累之下，孩子的語文程度自然能扶搖直上。

2. 每月好書閱讀報告：除了文章的涉獵，許多課外書籍也值得孩子細細品味，老師可以教孩子欣賞作者如何透過巧思，將文字賦與生命力，使情節變得生動精采，引人入勝。一開始藉由老師的引介，接下來就由領悟力較高的學生做為「楷模」，帶領學生學習，透過每月好書的心得報告，讓孩子認識更多有趣的課外讀物，引發閱讀的興趣。

3. 「交換借閱好書」活動：每一位小朋友都看過一些令她刻骨銘心的課外書籍，有些是讓人蕩氣迴腸的歷史故事，有些是百讀不厭的童話故事，透過「交換借閱好書」的活動，大家可以互相交流，看看讓同學感動的好書，是否也能引起自己內心的共鳴，當大家共襄盛舉時，可以相互增進知識，充實生活。

三、活動設計的教學

　　說話教學是語文能力中重要的一環，許多老師往往都以自由發表或大家輪流說故事的方式來從事說話教學，如此容易機會不均，自願上台說故事的就是少數幾位固定的學生，真正需要加強說話能力的學生還是沒有勇氣上台；另一方面，說話教學徒流於形式，無法因應個別差異來教學；再者方式呆板固定，缺乏變化，難以打動學生的心。

　　欲突破這種教學困境，就必須從教學活動設計著手，讓孩子從遊戲中學習，生動活潑多元化的活動，取代固定點名或自願說故事，亦即從簡單的「一人一句的說故事」，逐漸發展出一系列有趣的「故事劇」，再來一齣分組或全班合力自導自演的「話劇」，那麼說話課將因此生活化，使得語文變得生動精采又有趣。

29

第四篇　修辭技巧篇

修辭技巧之一「擬人法」

　　寫作的成功訣竅在於創造力和想像力，對孩子而言，正是他們與生俱來的能力，孩子幼年時都具有「萬物有靈」的想法，如此透過感官的潛能開發，往往可以寫出令人耳目一新的佳作。

　　筆者在小學的教學經驗中，發現「擬人法」是孩子不學而能、無師自通的本能，例如：

　　小一自然課的主題是「觀察植物」，下課時，柏仰悲傷地跑來告訴我：「老師，小晶死了！」我聽了十分詫異的說：「小晶是誰？他怎麼會死了？你一定很難過吧！」

　　「小晶是我上自然課時所養的綠豆芽，它在太陽底下亮晶晶的，所以我叫他小晶，今天我看到他的腰被人折斷了，它死了！」

　　於是我問柏仰：「那該怎麼辦呢？」他說：「我要帶它去埋葬。」說完，就帶著豆芽跑出去了。

　　一星期後，柏仰來找我，並問我：「老師，你知道今天是什麼日子嗎？」「今天是星期二，所以要上全天課。」「不是，不是啦！你再想一想。」我搖搖頭，表示真的想不起來，柏仰說：「今天很重要，上個星期二小晶死了，這個星期二就是小晶的忌日，我要去為它拜拜了！」

　　小晶其實是一種植物，柏仰卻把它視為一種有生命的生物，這正是擬人法的修辭，實際應用在生活中的實例。

　　老師在教導擬人法之前，可以先進行「角色扮演」的活動，讓孩子從高層次的想像遊戲中學習，激發孩子的聯想力，以下以「花園裡」之教學活動為例說明之。

活動名稱	花園裡
理論基礎	Vygotsky 的鷹架學習（scaffolding） 1. 意義：兒童內在的心理能力成長有賴成人的協助，這種協助建立在學習者當時的認知基礎上，當兒童停留在某一認知層次時，如果成人能有系統的引導，則兒童較易超越原來的認知層次。 2. 功能： ＊引發參與的興趣及減輕學習的負擔。 ＊活動方向明確，不易分心。 ＊示範並引導孩子遇到挫折時要適度的容忍。
適用年齡	四到九歲
活動流程	1. 老師首先引導孩子談談逛花園的經驗，說一說孩子最喜歡哪些花木或昆蟲鳥獸，猜想牠們之間的互動如何。 2. 讓孩子自己選擇角色，例如：玫瑰花、小鳥、小草、蝴蝶等等。 3. 角色選定後，大家開始製作道具或找尋適合的器具及材料。 4. 準備妥當之後，大家開始玩扮家家酒。
注意事項	1. 老師也可以扮演蝴蝶或蜜蜂，融入孩子的遊戲中。 2. 有時孩子會以樹葉代表粽子，或用石頭代表蘋果，這種抽象轉換的能力，其實也是智力及想像力的展現，不應加以糾正。

活動後的省思

1. 從孩子在遊戲中的對話，可以反映出個別差異情況，老師應特別注意演出時一成不變的小朋友，設法促進其語文能力的發展。
2. 有些孩子比較內向，較難融入群體之中，透過這種角色扮演的活動，可促進同儕互動的機會。

玫瑰花　頂溪國小三年級　李育同

　　我是玫瑰花，主人每天幫我和我的朋友們澆水，使我和朋友漸漸的長大，我很感謝主人。我身旁常常有蝴蝶、蜜蜂和昆蟲，牠們都很喜歡我，所以我很受歡迎。

　　最近我要結婚了，因為蝴蝶姊姊把我的花粉傳到公的玫瑰花上，兩個花粉合起來就結婚了，我希望我們從此過著幸福快樂的日子。

圖4-1

冰塊　頂溪國小三年級　李育源

我是冰塊，我的主人每天把我關在冷凍庫裡，我很傷心。主人雖然會一直製造我的朋友，讓我看見朋友，覺得很快樂，就不想離開冷凍庫，但是主人有時也會把我的朋友吃掉，害我很難過。

有一天，主人把我和朋友都放在果汁機裡面，用果汁機榨我們，我和朋友都死了，所以我最討厭我的主人。

圖 4-2

肥皂　頂溪國小三年級　葉庭瑜

我是一個肥皂，被小美的媽媽買了，她把我放在一個叫做肥皂盒的地方，我和肥皂盒很快就成了好朋友，每天都玩得很快樂。

不久以後，小美一家人把我洗得好瘦好瘦，最後她們把我洗得不見了，肥皂盒好難過，但是小美的媽媽又買了一塊肥皂，肥皂盒好高興，因為她又有一個肥皂朋友了。

圖 4-3

海　頂溪國小三年級　張琪

我是藍藍的海，我有很多好朋友陪伴著我，像是大白鯊、鯨魚、海豚、螃蟹等等，天上有白雲妹妹、海鷗弟弟微笑的和我打招呼，船兒在我身邊輕輕飄過，祝他一路順風，也希望大家都很快樂。

圖 4-4

船　頂溪國小三年級　楊炫恭

我是一艘喜歡旅行的船，我每天在廣闊的大海中航行，旅途中遇到許多好朋友，像是海豚在我寂寞的時候，會表演特技逗我開心。

我在旅途中最怕遇到大浪，他會讓我頭暈眼花，暈頭轉向，雖然如此，我還是喜歡當一個快樂的航海員。

圖 4-5

大樹　頂溪國小三年級　王思雅

原本我是一棵小樹，主人常常幫我澆水，讓我健康的成長，讓我逐漸長成一棵大樹。春天的時候，我發出嫩嫩的綠芽；夏天的時候，我長得非常茂盛；秋天的時候，我的葉子紛紛落下來；冬天的時候，小動物都躲進我的樹洞裡過冬。

圖4-6

我要當一棵有用的大樹來幫助別人，因為幫助別人是最快樂的。

秋天　頂溪國小三年級　李亞頻

秋哥哥非常多情，
常常叫風弟弟幫他送情書，
風弟弟送給了楓葉姊姊那封信，
每當楓葉姊姊一看，
就會不好意思的臉紅了。

圖4-7

修辭技巧之二「譬喻法」

　　教小二時，我帶孩子揹書包到校園做戶外活動，孩子排成一列出發，文國說：「老師，我們就像一列小火車。」到達定位之後，我讓他們把書包放好，這時柏仰說：「現在我們要卸貨了！」孩子的妙語如珠，正與譬喻法相互呼應。

　　想到這裡，孩子純真可愛的面容依舊迴盪在心裡，只要用心觀察，譬喻法其實就在孩子的生活中，唾手可得，是最生活化的教學方式。

　　譬喻法是什麼呢？為使人明瞭，而找出熟悉的事物來取代較相像的事物或類似的特性，這種方法叫做「譬喻法」。

　　我的學校　頂溪國小三年級　林維彥

　　學校是個有趣的地方。下課的時候，學校的操場就好像菜市場一樣，有好多小朋友在玩。小朋友玩的時候，又好像小販在叫賣東西，東一句，西一句，樂此不疲。他們賽跑的時候，東追追，西跑跑，好像警察抓小偷一樣。

圖4-8

我的媽媽　頂溪國小三年級　黃品馨

　　我的媽媽高興的時候，像一隻溫柔的綿羊；生氣的時候，像一隻兇猛的獅子。在我功課不會的時候，她會指導我作功課，好像一本活字典。媽媽睡覺的時候，好像一位美麗的天使。

圖4-9

我的小狗　頂溪國小三年級　張朝陽

　　我的小狗乖的時候，像可愛的小貓咪；生氣的時候，像兇猛的野獸。她看到公狗時，就像一隻可愛又撒嬌的小母狗。可惜她還沒長大，還不能交配，等她長大生出小狗時，我們家就有更多朋友一起住了。

圖4-10

游泳　頂溪國小三年級　葉庭瑜

暑假時我去學游泳。做完熱身操必須沖水，沖完水，就好像落湯雞一樣。下水時，就好像魚兒在冰箱中一樣冷，在水裡游泳時，又像魚兒般自由自在，躺在水面上，被太陽曬得像被烤焦一般，當我游完泳，就像一隻彈塗魚，在水裡游累了，想要到陸地上走一走！

圖 4-11

我　頂溪國小三年級　吳毓家

我的鼻子像山一樣，我的眼睛像黑豆一樣，我的嘴巴像一扇紅窗戶，我的舌頭像溜滑梯，我的耳朵像橡皮筋，我的身體像彈簧床。

圖 4-12

　　我　頂溪國小三年級　詹硯郡

　　我的耳朵像收音機，因為每次下課都會有很多人跟我聊天；我的嘴巴像擴音器，因為我每天都說很多話；我的頭髮像黑森林，因為我的頭髮很茂密；我的手像打字機，每天寫很多字；我的腳像腳踏車，因為我跑得很快。

圖4-13

修辭技巧之三「誇張法」

　　孩子是充滿好奇心與想像力的，對於新奇有趣的事物，總是無限嚮往，「誇張法」中，將事物的特性放大或縮小的運用方式，深受學生喜愛，甚至對這種詮釋的方式樂此不疲。面對學生源源不絕的巧思與創意，時常令人嘆為觀止。

縮小法	放大法
她長得好瘦，風一吹，就會被吹走。 小王好瘦，身體像竹竿一像細。 她的力氣小到連一隻螞蟻都踩不死。 他說話的聲音好小，小到連用麥克風都聽不見。	今天天氣好熱，每一個人的頭頂都冒煙了。 我生病了，鼻子像水龍頭的開關關不起來，鼻水一直流個不停。 她的嘴巴像機關槍一樣，一直動個不停。 這部電影很好笑，她笑得下巴都快掉下來了。

我的媽媽

頂溪國小三年級　李亞頻

　　我的媽媽每天都在整理家裡各式各
樣的東西，跟一隻章魚一樣。媽媽很生
氣時，就像一隻噴火龍一樣，站在她旁
邊的人，都會被她烤焦。媽媽跑步的時
候，像烏龜一樣慢；但是她像活字典一
般，我不會的字，她一下就寫出來了。

圖 4-14

地震　頂溪國小三年級　李芝妤

　　地震時，東西從桌子上掉下來，
「碰！」一聲好可怕，把弟弟給嚇哭
了，弟弟哭的時候好像淹大水，全家都
要拿雨傘，要不然我們就會被這場大雨
淋成落湯雞。

圖 4-15

我的爸爸
頂溪國小三年級　李宛霖

我的爸爸很愛看電視，他每次看電視都會睡著，睡著以後就開始打呼，打呼的聲音比雷公公還大聲；爸爸跑步的時候，跑得比蝸牛還要慢；上廁所的時候，卻比誰都還快；他吃飯的時候，可以吃掉五十頭牛。

圖4-16

我的爸爸
頂溪國小三年級　黃紀凱

我的爸爸打嗝的聲音比火山爆發還大聲，走路的時候比地震晃得還要厲害，他跑步的時候，比烏龜還要慢，他吃飯的時候，比閃電還要快，但是他上廁所的時候比任何人都還要久。

圖4-17

我的同學

頂溪國小三年級　許庭豪

　　我的同學頭髮像刺蝟一樣，眼睛像
山洞一樣大，鼻孔就像深山裡的山洞，
一個洞有很多隻蟲，另一個洞有很多根
刺，嘴巴就像垃圾車，可以吃下成千上
萬的垃圾。下了課，我和他一起玩溜滑
梯和戰鬥陀螺，上課時，我們一起回教
室。

圖4-18

修辭技巧之四「設問法」

　　寫作多半是一個人獨自的活動，但是必須假設正與讀者溝通，溝通之間最好有互動，傳遞溝通及互動的不二法門，就是「設問法」。

　　設問法常常透過文字，增進與讀者之間的交流，引發讀者內在的共鳴，主要目的是透過發問的方式，引發讀者的興趣、注意力或反思，鄭博真（1993）認為「設問法」用在不同的地方，產生的效果也不一樣，用在文章的首段可以很快吸引讀者的注意；用在文章的結尾則可回味，並促進反省和思考。

　　設問法通常以四種型態來呈現：

一、引起讀者的注意：例如「你知道地球一年製造多少垃圾嗎？」

二、表達作者內心的想法：例如「鄭豐喜兩腿不能行走，每天爬著去上學，忍　　受風吹日曬及同學嘲笑，身體健全的我們，又怎能怠惰偷懶呢？」

三、透過自問自答，回答問題：例如「我家的貓咪名叫『嬌嬌』，為什麼取這　　個名字呢？因為牠非常愛對人撒嬌。」

四、幫助讀者了解全文的重點：例如「殘障朋友在生活上有許多不方便，我們　　要如何幫助他們呢？」

　　老師在教導孩子使用設問法之前，先透過「我說你猜」的活動來暖身，讓孩子了解「問題」在活動中，不僅能引發對方的好奇心，也可以提昇學習的興趣。

我最喜歡的老師
頂溪國小三年級　李宛霖

她的頭髮很長，長得很高，時常笑容可掬，而且對我很好，只要我有不懂的地方，直接去問那本活字典就知道了！

她上課的時候很認真，做事也很細心，你知道她為什麼想當老師嗎？因為她想要完成媽媽的夢想，猜猜她是誰？她就是常雅珍老師。

圖4-19

猜猜他是誰
頂溪國小三年級　吳毓家

我家有一隻兇猛又可愛的恐龍。他有多兇猛呢？不但上課時混水摸魚，在家還常常為了玩電動而煮豆燃萁，很丟人現眼吧？雖然如此，他仍然有他可愛的地方，怎麼說呢？有一次我生病了，他還幫我整理功課，對我挺照顧的。你知道他是誰嗎？他就是我的哥哥。

圖4-20

活動名稱	我說你猜
理論基礎	創造力和思考：訓練學生的擴散思考和變通性、獨特性。 1. 思考依運作分擴散思考和聚斂思考，擴散思考的答案多變化，聚斂思考的答案固定且時常只有一個。 2. 創造力的特徵： （1）變通力：思考能千變萬化，舉一反三。 （2）獨特：想法與眾不同。 （3）流暢：在較短的時間，表達較多的觀點。 （4）精進力：發展或修飾構想及產生許多細節描繪構想的能力。
適用年齡	三歲到十歲
活動流程	1. 老師說出物品的特色或線索，例如「有一個東西是圓形的」。 2. 告訴孩子一個線索後，如果孩子想不起來，再提供孩子一些線索，例如「它可以告訴人現在幾點了」。 3. 不斷地提供線索，直到孩子猜到為止。 角色互換，下一次由孩子來當提供謎題的人，老師或其他的孩子來猜謎。
注意事項	1. 老師先示範遊戲方式及注意事項。 2. 逛街購物、等車的空閒時間，都是親子同樂的最佳時光，猜謎遊戲可以帶來無窮樂趣。 3. 對於年紀小的孩子，應設計一些具體的物品做為謎底。
活動後的省思	1. 透過這個活動，可以培養孩子的語言能力，也可以豐富孩子的想像力。 2. 謎底可以不限一個，以擴大孩子的想像力，訓練擴散思考的能力。 3. 可以提出一些問題問孩子：「誰的謎題設計得很有趣？說一說你喜歡它的原因。」

有趣猜謎舉隅

1. 一樓住蔬菜妹妹，二樓住水果姊姊，三樓住冰淇淋媽媽。（冰箱）

2. 它很貪吃，看到好吃的東西，它都要先吃一口。（湯匙）

3. 它穿了三百六十五件衣服，本來是胖弟弟，你每天幫他脫一件衣服，後來就變得瘦巴巴了。（日曆）

4. 只有兩個輪子，不會倒下去的是什麼？（腳踏車、摩托車、滑板車）

5. 天一黑，就會亮的東西是什麼？（螢火蟲、星星、月亮、電燈、貓的眼睛、螢光棒）

6. 每天晚上都能看見，像一顆顆的鑽石，如果能夠掉下來，我就變成大富翁。（星星）

7. 它非常勤勞，每天不睡覺，就為了要早上準時叫我起床。（鬧鐘）

我最喜歡的一隻貓　頂溪國小三年級　華裕沂

牠的毛長長的，耳朵大大的，長得很可愛喔！而且長長的尾巴像蛇一樣動來動去，每次我一回家，牠就會搖著尾巴對我撒嬌。

牠吃的食物很特別，除了雞肉和魚肉之外，連嬰兒食品都吃，而且超級愛睡覺，所以看起來懶洋洋的，你可別以為牠看起來很笨重，而故意去逗弄牠，牠一生氣就會用無情爪亂抓人，但是如果你對牠好，牠會百依百順。猜猜牠是誰？牠就是我最心愛的寵物——大頭貓。

圖 4-21

　　大象　頂溪國小三年級　王思雅

　　牠的耳朵很大，就像兩把大扇子，搖一搖就很涼快；眼睛很像黑色的珠子，又圓又亮；鼻子像水管，又粗又長，還會噴水；腳像四根大柱子，又粗又壯，上面的皮膚像針一樣刺。

圖 4-22

　　有一次，我們全家去泰國玩，我們買了一串香蕉放在椅子下面，牠一下子就發現了，猜猜牠是誰？

修辭技巧之五「觸覺摹寫」

　　冬天泡溫泉，熱呼呼的感覺，讓人直呼過癮；冬天洗冷水澡，冰涼到底，全身發抖的滋味，讓人受不了！在日常生活中，透過我們的手、腳、皮膚，可以感覺出冷熱、大小、形狀、質地，這些感受透過文字生動具體的表達，更令人有身歷其境的真實感，這就是「觸覺摹寫」的效果。

　　雖然在生活中，我們無時無刻會應用觸覺，但是小朋友卻很少將此一技巧應用在作文上，因此透過遊戲來幫助學生學習「觸覺摹寫」，可以帶來許多樂趣。

　　老師準備一個「寶貝箱」，在箱內放置幾種不同的物品，然後每組請一位小朋友矇住眼睛，到講台前面觸摸一種物品，並說出接觸時的感覺。

　　雁茹：我覺得它摸起來硬硬的，表面滑滑的，形狀是圓圓的，感覺冷冰冰的。

　　亞頻：我覺得它摸起來軟綿綿的，前端的質感卻是硬硬的，長條狀的。

　　上台摸寶貝箱的同學，說出觸摸後的感覺做為提示，讓同組的同學猜猜看那是什麼？透過這個遊戲，讓學生們親身體驗，寓教於樂，就容易了解「觸覺摹寫」的涵義。

神祕的禮物

頂溪國小三年級　吳佳靜

　　有一天，我回到家裡，看到家裡都沒
有人，覺得好可怕！忽然樓上跑出一個人
把我的眼睛矇住，拉到房裡，並問我這個
東西摸起來怎麼樣？我用發抖的手摸著，
感覺毛茸茸的，耳朵尖尖的，鼻子圓圓
的，好像是小貓。

　　我聽見妹妹的聲音，然後電燈就打開
了，原來是爸爸、媽媽、妹妹想給我一個
驚喜，我還以為是大野狼出現，把我嚇得
魂不附體，結果神祕禮物是一隻小狗，長
得好可愛喔！

圖 4-23

51

活動名稱	我的神奇寶貝
理論基礎	布魯納的發現學習法：以孩子的好奇心、求知欲為基礎。 1. 直覺思維（intuitive thinking）是發現學習的前奏：直覺思維是不經邏輯推理而直接領略事物意義的心智運作歷程，直覺思維是假設的來源，有了直覺性的理解之後，才能進入正式的邏輯思考。 2. 發現學習是以既有的認知結構為基礎，在結構化的學習情境中，主動去發現事物的原理原則，在教學上鼓勵學生根據自己既有的知識和經驗進行直覺思維，教師的責任在布置情境，激勵學生的士氣，探究的結果不論對錯，都具有回饋作用的價值。
適用年齡	三到十歲
活動流程	1. 將所有的玩具放進一個不透明的袋子裡。 2. 將孩子分組，每五人一組。 3. 讓孩子當魔術師，變出一個個屬於自己的神奇寶貝。 4. 每變出一個玩具，就開始編故事，例如先拿出一台小汽車，孩子可能說：「從前有一台小汽車，它每天跑來跑去，忙個不停。」 另一個孩子抽出一個玩具，並根據第二個玩具來編故事，但故事的轉變要和之前的故事連貫。例如第二個孩子抽到一台挖土機，孩子可能說：「小汽車忙著載爸爸去上班，挖土機忙著幫忙修馬路，小汽車好羨慕挖土機可以幫忙修馬路。」，小朋友依序抽玩具，每一組最後一個孩子說出故事的結局。

注意事項	這個故事不僅適用於父母和自己的孩子玩遊戲，也可以應用於教室情境中，讓孩子輪流來抽寶貝說故事，但是要注意寶貝的數量要比參加的人數多，讓每個孩子都可以變出自己的寶物。
活動後的省思	這個活動不僅能幫助孩子發展語言，也可以促進知覺的發展，喚醒孩子容易疏忽的觸覺。

黑板　頂溪國小三年級　詹硯郡

　　我的身體是綠色的，旁邊還有木頭的框，裡面裝著粉筆，老師和小朋友們時常在我身體上寫字，害得我的身體好癢喔！我最開心的是小朋友把我擦得一乾二淨，最傷心的是小朋友拿粉筆打我，猜猜我是誰？

圖 4-24

猜猜我是誰

頂溪國小三年級　李雅慧

我摸起來粗粗軟軟的，外表有兩條線，好像兩條走不完的路，我身上有兩個袋子，就像袋鼠媽媽的肚子，身上還有一個小東西，下雨時可以用來當作雨傘，你們猜猜看我是誰？

圖 4-25

自動鉛筆

頂溪國小三年級　游以涵

我摸起來細細長長的，中間有小熊的圖案，下面刺刺尖尖的，最擅長幫小朋友寫出好看的字。

我有一個有點硬硬，又有一點軟軟的朋友，他的名字叫橡皮擦，如果我不

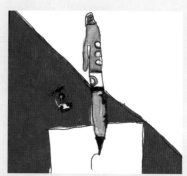

圖 4-26

小心出錯，他就會挺身而出來解救我，所以我們形影不離，告訴你一個小祕密，我的筆芯是 0.5 HB 的。

　　鉛筆盒　頂溪國小三年級　甘景昕

　　我的鉛筆盒摸起來冰冰涼涼的，
圖案是巴斯光年，形狀是長方形的，
它可以吃下成千上萬的筆，雖然它已
經很老了，摸起來還是很光滑，我對
它愛不釋手，它非常忠心，每天陪著
我去上學，度過學校生活的每一天。

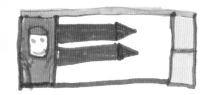

圖 4-27

　　水龍頭　頂溪國小三年級　陳珮瀅
你的身體好冰涼，
我一碰你，
你就哭個不停，
我再碰你，
你又不哭了。

圖 4-28

55

橡皮擦　頂溪國小三年級　林維彥

　　我有一個又厚又大的橡皮擦，摸起來硬硬的，它的身體很乾淨，可是有時候會變得很髒，原來是鉛筆小子在搗蛋，橡皮擦為了擦掉鉛筆小子搗蛋的痕跡，所以皮膚就被弄髒了，但是它一點也不難過，因為它幫主人做了一件好事，所以心裡很快樂呢！

圖4-29

修辭技巧之六「視覺摹寫」

　　眼睛是人類的靈魂之窗，我們的行、住、坐、臥都必須透過它，才能看清外在的世界；運用它，才能打開視覺。打開雙眼，才能讓我們進一步觀察外物的形體。但人們多半因忙碌而只匆匆一瞥，未曾詳細觀察體會。實際上，用心觀察事物，細心體會每個不同的景致，正是豐富生活、構思寫作情節最好的材料。

　　孫晴峰（1999）在寫作的「視覺練習」中認為描寫事物的原則有二：

一、由大而小，由整體而局部

　　描寫一樣事物可以先從大處作整體外觀的描述以後，再作細部、局部的描摹，使讀者循序漸進，有一個非常明確的印象。但這是方法之一，如果倒過來也可以，重要的是，要有一個合理的次序，使讀者容易明瞭。

二、要使描述的類別能夠集中

　　描述時如果突然加進一些不相干的東西，會使讀者有混亂的感覺，不容易得到統一的觀念。如果描述的類別能夠集中，將令人印象深刻。

　　參考遊戲：

（一）找找看：教師發給每人一張「藏寶圖」，請小朋友在兩分鐘內找出圖中隱藏著的東西。藉著這個遊戲可讓小朋友察覺觀看事物，只有細心觀察，才能有所發現。

（二）猜謎遊戲：每個人在教室內挑選一樣東西，試著把它描寫出來，但不能說出該物的名稱，然後將該單以猜謎的方式呈現出來，全班可以分組，比比看哪一組的得分高。

（三）看圖說故事：透過圖片的視覺感受，說出圖片中的人物及景象特徵，再透過想像力編纂成故事。

（四）說畫藝術：每個人想一句形容詞，並上台畫出來，全組合力完成一張臉譜，透過此種方式，更加理解「視覺摹寫」的技巧。

活動名稱	看圖說故事
理論基礎	布魯納的發現學習法：以孩子的好奇心、求知欲為基礎。 1. 直覺思維（intuitive thinking）是發現學習的前奏：直覺思維是不經邏輯推理而直接領略事物意義的心智運作歷程，直覺思維是假設的來源，有了直覺性的理解之後，才能進入正式的邏輯思考。 2. 發現學習是以既有的認知結構為基礎，在結構化的學習情境中，主動去發現事物的原理原則，在教學上鼓勵學生根據自己既有的知識和經驗進行直覺思維，教師的責任在布置情境，激勵學生的士氣，探究的結果不論對錯，都具有回饋作用的價值。
適用年齡	四到二十歲
活動流程	1. 依照圖片的順序，讓孩子仔細看每張圖片，並將自己所見的景象具體描述，練習使用「視覺摹寫」的技巧。 2. 每張圖片都仔細看過以後，再展示一次圖畫，提醒孩子注意圖與圖之間的關聯，並思考圖畫所傳遞的故事內容。 3. 請孩子上台將自己看圖後所編出的故事說出來與大家分享。
注意事項	1. 對孩子的解讀，父母師長應站在引導的立場，提醒孩子那些被他疏忽的畫面，可以多問「這是什麼？」或「為什麼？」，少問「這是不是什麼？」，以免限制孩子的想像力和思緒。 2. 讓每個孩子都能充分表達意見，尤其是內向害羞的孩子，更應多鼓勵他們說出自己的想法，製造成功的經驗。

活動後
的省思

1. 對於初學者或個性內向害羞的孩子，除了適時的鼓勵之外，宜採取張數少、具體明確的組合圖畫，當孩子的技巧精熟，才選擇抽象、張數較多的圖畫。

2. 透過合作學習，讓孩子分組討論，每個人分別說出該張圖片的故事，接著大家可以分組表演一齣小話劇。

59

看圖說故事範例（見圖 4-30）

圖1：從前有一隻無尾熊，牠的名字叫做波波，牠身上有灰色的毛，雞蛋般的大鼻子和綠豆般的小眼睛，波波每天揹著紅色的書包去上學，牠的心地很善良，如果有人生病了，波波就會寫信去安慰他，所以大家都喜歡波波。

圖2：波波的生日快到了，爸爸媽媽準備了一個大蛋糕，上面插上五支蠟燭，波波覺得好開心。

圖3：波波收到很多親朋好友的禮物，其中牠最喜歡小企鵝丫丫，丫丫有紅色的小嘴巴，黃色的小腳丫，看起來真可愛。

圖4：波波收到許多禮物，覺得很高興，但是牠一想到孤兒院有許多小朋友，都沒有爸爸媽媽陪他們過生日，所以牠決定要當聖誕老人送禮物給他們。

圖 4-30

60

猜猜她是誰

頂溪國小三年級　張朝陽

　　她的頭髮短短的，還綁了兩個辮子；臉蛋兒紅紅小小的，像剛成熟的蘋果；笑起來滿臉通紅，像剛昇起的太陽；眼睛彎彎大大的，像天空中的下弦月。她每天都揹一個紅色的書包，你知道她是誰嗎？她的座位和我很近，她是一個可愛的小女生。

圖 4-31

我的同學

頂溪國小三年級　郭宇庭

　　班上有一位姑娘，她的頭上夾的是哈姆太郎的髮夾，身上背的是哈姆太郎的書包。她有一對水噹噹、粉嫩的小臉頰，還有兩個白色的眼球，黑色的眼珠。她上課時很認真，下課時常說要帶我們到台北海洋館，猜猜她是誰？

圖 4-32

我的兒子　常雅珍

　　他的臉圓滾滾的，太陽大的時候，兩頰曬得紅通通，像白裡透紅的蘋果；他的頭髮細細的，摸起來像絨毛一樣柔順服貼；他微笑的時候，深深的酒窩，就像一個美麗的漩渦，周遭的人都會被深深吸引，雖然他來到這個世界只有兩年，一顰一笑，卻都牽動著家人的心，也是全家的開心果，他是誰呢？他就是可愛的乖寶。

圖4-33

修辭技巧之七「味覺摹寫」

　　大飽口福之後，許多人都以一句「真好吃！」來做結論，感覺上平淡無奇，無法吸引讀者，在文章中，作者如何使美食鮮活生動的呈現在讀者眼前，使讀者與作者一同大快朵頤？想當然耳，要憑藉味覺和嗅覺的運用，才能給人與眾不同的感受。

　　例如以「紅燒肉」做為主題，描述「金黃色的肉塊，肥瘦兼具的排列在盤中央，高高的突出來，像一座小山」。雖然帶來視覺上的饗宴，但若能加上「紅燒肉一上桌，熱騰騰的肉香瀰漫飯桌，忍不住嘗一口，QQ軟軟的滋味真順口，幸福的感覺一瞬間湧上心頭」。透過味覺和嗅覺的詮釋，文章會更加吸引人。

珍珠奶茶的聯想

頂溪國小三年級　李亞頻

　　今天下午，老師請我們喝珍珠奶茶，珍珠奶茶聞起來香香的，喝起來甜甜的，珍珠嚼起來QQ的，我們都喝得津津有味。

　　喝完珍珠奶茶，我想起自己升上三年級，作文和成語都進步不少，以前我不懂寫作的方法，經過老師一學期的教導，大概知道如何下筆及運用成語，這使我好得意，那種感覺香香、甜甜的，真像在喝珍珠奶茶呢！

圖4-34

冰淇淋的聯想　頂溪國小三年級　甘景昕

晚上，我和媽媽、弟弟一起去逛夜市。夜市裡五光十色，賣東西的人常大聲叫喝，逛街的人卻東張西望，看著大夥兒賣些什麼東西。我和弟弟也跟著人群移動，看著街上買賣的東西，覺得十分有趣。

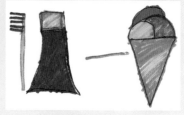

圖4-35

路上，我們看到賣冰淇淋的阿姨，我和弟弟各買了一支。我的是香草加巧克力，放進口中時，入口即溶，但那甜甜滑滑、清清涼涼的香味，久久無法退去。這種感覺讓我想起在家刷牙時常用的「黑人牙膏」，那份清涼爽口，真是大同小異呢！

修辭技巧之八「聽覺摹寫」

　　日常生活中充滿許多不同的聲音。我們的行、住、坐、臥，外界的風吹草動，常透過這些聲音傳達出來，但我們很少仔細聆聽這些聲音，而只觀察到外在的現象。譬如窗外下雨（鄭博真，1993），如能用文字模擬出「淅瀝嘩啦的下著雨」，會給人一種真實生動的感覺。

　　鄭發明（1998）認為描寫聲音通常有兩種做法：

一、根據事物所發出的聲音，原原本本的記錄出來，作者不把聲音做有意義的表示。例如：

　　「咳！咳！」他又感冒了。

　　窗戶被風吹得「格格」作響。

二、作者根據事物所發出來的聲音，做真實的記錄，還進一步把聲音做情感的表現。例如：

　　北風呼呼的怒吼著。

　　遠處傳來一陣陣「嗚——嗚——」的狼號，真恐怖！

　　老師在教導聽覺摹寫時，可以透過「錄音遊戲」，讓孩子集中注意力去聆聽存在於世界的各種聲音，提高聽覺的敏銳度；再以「學鸚鵡說話」來觀察人與人之間的對話形態，以便適時運用在文章中。

活動名稱	錄音遊戲
理論基礎	皮亞杰的個人建構論 適應（adaptation）：適應的目的在求取內在基模與外在世界達到平衡的歷程。適應的方式有： 1. 同化（assimilation）：將新經驗納入既有的認知結構，運用既有的基模處理所面對的問題。 2. 調適（accommodation）：主動修改既有基模，以適應環境的心理活動歷程。
適用年齡	二到七歲
活動流程	1. 先錄好孩子周遭所能聽到的聲音，例如車聲、鳥聲、老師的聲音、卡通人物的聲音或寵物的叫聲。 2. 將錄音帶放入錄音機中。 3. 讓二到六歲的孩子猜猜看，自己所聽到的是誰的聲音。 4. 老師也可以準備好錄音機，找一個孩子喜歡的主題，錄下孩子的聲音，例如：你喜歡做什麼？你喜歡去哪裡玩？ 5. 將錄音帶倒帶，請小朋友猜一猜是誰的聲音？
注意事項	對年紀小的兒童，應該錄下生活周遭聽過的聲音，或許可以錄製一個特殊的聲音，做為學習與調適的機會。
活動後的省思	1. 這個活動也可以應用在教室情境中，特別是開學一個月後，老師錄下小朋友的聲音，讓大家猜一猜每位小朋友的名字，除了可以促進孩子的語言發展之外，也可以增進同儕關係。 2. 活動可以培養孩子的記憶力，可以問孩子：「剛才小明說他最喜歡玩什麼？」

活動名稱	學鸚鵡說話
理論基礎	班度拉的楷模學習：學生每天接觸許多老師和同儕，楷模不僅發生在老師說明技巧及證明應用時，也發生在同儕比較的時候，楷模的應用要點如下： 1. 學生根據個人的歸因（年紀、性別、背景）或能力來評估相似性，當楷模能力相似或稍微高時，提供個人評估能力最好的訊息，學生觀察相似的同儕學得好，也會相信自己能做得好。 2. 楷模的數目也會影響自我效能，唯一楷模不如許多楷模的效果，多種楷模對在學校遇到困難的學生會有高度的影響。 3. 因應楷模（coping model）比完美楷模（mastery model）更能增進觀察者楷模的相似性，因應楷模的學習者剛開始對學習產生防衛和恐懼，但是他們逐漸改善表現並增進信心，證明努力和正向的自我內言可以克服困難；完美楷模代表沒有錯誤的表現，一開始就具備高度自信。
適用年齡	三到十歲
活動流程	1. 找出能引起孩子興趣的話題。 2. 請孩子開始述說故事，一次只講一句或兩句，依孩子的程度而定。 3. 孩子說一句，老師就重複他所說的話。 4. 依照上述的步驟，直到孩子說完故事為止。 5. 接下來，老師和孩子的角色互換，由老師說故事，孩子在一旁重複老師的話。
注意事項	當孩子的語法出現倒裝句或語法不正確時，老師或同學可以適時加以引導，以提昇孩子口語的表達能力。
活動後的省思	該活動不僅可以訓練孩子口語表達的能力，也可以訓練孩子的記憶，學生人數不限，若人數較多，可以要求下一位來重複前者所說的話。

海邊　頂溪國小三年級　張朝陽
　　有一天爸爸帶我們到海邊玩，我聽
到「轟轟轟」的捲潮聲，也聽到「沙沙
沙」的風聲，還有「嘎嘎嘎」的鳥叫
聲，我和哥哥在海邊堆了一個很大的金
字塔，覺得這種感覺很舒服。

圖 4-36

到海邊玩
頂溪國小三年級　李宛霖
　　爸爸帶我們一起到海邊玩，我一到
海邊就聽到海「嘩啦嘩啦」的聲音，還
聽到風吹葉子「沙沙沙」的聲音，我的
肚子餓了，所以發出「咕嚕咕嚕」的聲
音，我們吃完飯，就坐車回家了。

圖 4-37

修辭技巧之九「排比法」

　　朱自清文章中，提到「燕子去了，有再來的時候；楊柳枯了，有再青的時候；桃花謝了，有再開的時候」就是典型的排比句法，用結構相似的句法，接二連三地表達同範圍同性質的事物的修辭方法，是為「排比」。換言之，當我們觀察一個情況時，會發現其中含有結構相似的句法，如果將這些結構相似的句法，用三個或三個以上的語句排列在一起，表達相關的內容，就是排比。譬如一位學生描寫他的母親有「慈祥的面容，親切的談吐，溫柔的語調，細心的關懷」，即是「排比」句法。

我的興趣

頂溪國小三年級　梁依昀

　　我的興趣是看書、畫圖、爬山，因為看書可以增加知識，畫圖可以增進才藝，爬山可以呼吸到新鮮的空氣，其中我最喜歡的是畫圖。

圖4-38

我的家人

頂溪國小三年級　許庭豪

　　我覺得我很幸福，因為我有這麼棒的家人、老師、同學和褓母；家人帶給我幸福，老師帶給我知識，同學帶給我快樂，褓母把我變成乖寶寶。

圖 4-39

修辭技巧之十「引用法」

　　「引用法」是指在寫作時應用成語、諺語、格言或詩句，應用的原因有二：

一、寫作時，為了增加自己論點的可信度，往往需要透過前人的格言或詩句來加以驗證。

二、為增進文章的豐富性及可看性，減少一成不變的枯燥乏味，多一分新鮮的變化，所以在寫作時宜適時引用不同的成語，可以展現不同的風韻，應用不同的成語來替代，也會給人耳目一新的清新感受。

　　必須注意的是，成語、諺語、格言或詩句的應用，雖具有「畫龍點睛」的效果，讓人眼睛為之一亮，但若是誤用成語，可能貽笑大方；濫用成語，則使文章內容空洞，淪為文字堆砌；應用太多別人的格言及詩句，也會給人缺乏主見的感覺，沒有自己的風格和想法，這些都是應用「引用法」時，必須特別留意的地方。

　　引用法的教學應著重啟發，而非一成不變的灌輸，所以老師可以用「成語大富翁」的遊戲，寓教於樂，啟發學生學習成語的興趣；為豐富孩子的辭彙，也可以設計「猜字謎」的活動，讓孩子從活動中享受學語文的樂趣。

活動名稱	成語大富翁
理論基礎	句法的深層結構 句法的深層結構可以產生其他有關的表面結構，這些轉換規則加上語言的衍生特色，許多表面形式可以從語用法核心創造，在這些規則中，片語和句子可以點綴其中產生階層組織，例如「那男孩在玩球」可以加入更多成語線索「那男孩正在玩球，玩得筋疲力盡、氣喘如牛」。
適用年齡	七到十八歲
活動流程	1. 找一張西卡紙，按照大富翁遊戲的模式，把成語填上去。 2. 大家猜拳決定順序，猜贏的人先擲骰子，如果是五點，就走五步。 3. 要答出該地點的成語造句才算過關，答不出來的人要退回先前的點，不能繼續走。 4. 走到有「機會」和「運氣」標示的地方，可以抽「機會」及「運氣」牌。 看誰能先到達終點，就是成語大富翁。
注意事項	1. 父母可以買一套成語故事書，在孩子低年級時開始做「床邊說成語故事」，間接培養孩子自動自發的閱讀興趣，可以設計難度更高的題目，提昇語文能力。 2. 國小老師在教國語生字時，先查出相關的成語教導孩子，若能透過早自習或說話課時間說一說成語故事更佳，然後將學生分組進行成語接力的遊戲，請他們說一說有關數字的成語：百發百中、一鳴驚人、萬紫千紅等。

活動後的省思	剛開始孩子可能需要較長時間思考，熟練之後，就可以較快作答，面對孩子的進步，師長父母應該加以讚美與鼓勵，「成語大富翁」是一種寓教於樂的學習方式。

活動名稱	猜字謎
理論基礎	訊息處理論的精緻化記憶策略 增進長期記憶的方法：多重編碼策略、軌跡法、關鍵字法、主觀組織法、情境助憶法（利用以前學習的情境來幫助記憶）、心像（經驗過的事在想像中重現）、字勾法。
適用年齡	七到十二歲
活動流程	1. 以孩子所學過的字為基礎，請孩子設計和字結構有關的謎語。 2. 孩子上台說出謎語後，可讓台下的同學搶答。 3. 為避免說出答案的都是同一個學生，所以老師宜強調答過的同學應將機會讓給還沒答過的同學。
注意事項	1. 孩子有時設計的謎語，語辭上不太完整，例如：戴一個帽子小子，老師可幫忙修正為：有一個小子，頭上戴一頂帽子。 2. 老師先示範設計有趣的字謎，做為孩子的模範。
活動後的省思	1. 這個活動不僅可以促進孩子語文能力、想像力及創造力。 2. 這個活動也有助於孩子國字的書寫。 3. 讓孩子說一說：「誰設計的謎題最有趣？它最吸引你的地方在哪裡？」

附　錄

以下列舉數則有趣字謎：

1. 一個太陽一個月亮。

2. 王先生躲在屋簷下避雨。

3. 用手蓋一間房子。

4. 天上有兩個月亮。

5. 舌頭喝水。

6. 兩個不一樣的ㄇㄨㄟ連在一起。

7. 西邊有一個女人。

8. 一個嘴巴切一半。

9. 三個太陽在一起。

10. 有個口真奇怪，它不敢往門外。

11. 有一個小子，頭上戴一頂帽子。

12. 有一隻羊掉到水裡了。

答案：1.明　2.全　3.握　4.朋　5.活　6.相　7.要　8.中　9.晶　10.問

　　　11.字　12.洋

書套大展　頂溪國小三年級　吳佳靜

　　今天的美術課，舉辦「書套大展」，老師將每一位小朋友所做的書套，放在黑板前面作展覽，琳瑯滿目的書套，讓人看了愛不釋手！

　　我畫的是我的妹妹，她走到一個陌生的地方，看到各式各樣的幽靈後被嚇哭了，又看到一座小山洞，走進去一看，有好多五顏六色的糖果，妹妹興奮的把糖果一口一口的塞進嘴裡，然後就遇到一位小男生，小男生抱住妹妹，妹妹吃驚的說：「你別占我的便宜，這樣我會懷孕呢！」小男生一聽，笑得昏倒了。

圖 4-40

快樂的一天
頂溪國小三年級　黃紀凱

　　今天是同學梁依昀的生日，她請同學們吃五顏六色的糖果，大家吃得津津有味，每顆糖果上面的圖案都是各有千秋，大家拿到了糖果就愛不釋手，捨不得給別人，今天吃得真快樂！

圖 4-41

75

爬山記　古亭國小六年級　徐御唐

　　今天是一個陽光普照的好日子，我們一家人決定去爬爬山，運動一下，也能放鬆心情。

　　迎著朝陽，我們登上步道，但是山路陡峭，爬到一半，便感覺到筋疲力竭、頭暈目眩，看到路旁的椅子，立刻不由自主的坐上去，微風徐徐吹來，頓時感到神清氣爽，心曠神怡。休息過後，又繼續走

圖 4-42

著，哥哥忽然回頭，輕聲細語的對我說：「你看！前面有一群松鼠！」我往前一看，果真有一群松鼠，模樣可愛極了！我小心翼翼的從口袋中取出一片餅乾，牠們竟爭先恐後的跑過來，拿起餅乾，狼吞虎嚥的吞了下去，甚至沒有咀嚼的動作，看得我們一家人目瞪口呆。一旁還有兩隻美麗的蝴蝶翩翩飛舞，形影不離，曼妙的舞姿，彷彿迎接我們的到來。

　　快到終點了，我和哥哥興奮的加快腳步，不一會兒的工夫，我們攻上了山頂。從山頂往下望，群山盡收眼底，所謂「會當凌絕頂，一覽眾山小」，正是此情此景的寫照。大自然的一景一物，都蘊含無窮的奧妙，登山此時，既能欣賞美景，又能鍛鍊體魄，真是一舉數得！

修辭技巧之十一「舉例法」

　　「引用法」是透過成語、諺語、格言或詩句,來強化自己的論點或修飾文章中的語詞,「舉例法」則是透過具體的事例來說明作者的論點,一方面可以充實文章的內容,另一方面也可以使自己的論點更加具體化,讓人一目瞭然,所以可謂「一舉兩得」。

　　舉例的形式眾多,大致可以分為概略性的舉例及詳實性的舉例,分別說明如下:

一、概略性的舉例:概略性的舉例通常應用在說明文章主旨上,例如在以「書」為主題的文章中,介紹歷史故事書「可以吸收前人的寶貴經驗」;心靈叢書「可以淨化心靈,提昇自己的內涵」;自然科學類書「可以應用在日常生活中」,這樣的舉例就是概略性的舉例。

二、詳實性的舉例:詳實性的舉例除了增進讀者對文章的了解之外,更能充實內容,感動人心,以「我的母親」為例,概略性的舉例可能用「母親每天為我煮飯、洗衣、指導功課,實在非常辛苦」,詳實性舉例則會透過一個生活中發生的故事,來透視母親平凡中的偉大,更能引發讀者的共鳴。

　　老師在教導舉例法時,可以請小朋友帶照片來,透過照片的回憶,舉出一些有趣的實例。

活動名稱	照片回憶錄
理論基礎	閃光燈效應（flashbulb effect）：引人震撼的事件，會留給人深刻的印象。 萊斯托夫效應（Restorff effect）：與眾不同的學習材料，令人印象深刻。
適用年齡	五到十歲
活動流程	1. 父母蒐集幾張全家出遊或孩子生日慶祝會等相關活動的照片。 2. 請孩子找出印象最深刻的一張照片，並說出當天相關的事件。 3. 再從旁發問，幫他想出更多細節。 4. 父母親也指出一張照片，說明自己當天的相關活動及內心感受。 5. 引導孩子說出發生的事物及心中產生的想法。
注意事項	應該提供多組照片供孩子選擇，以避免引發孩子產生負面情緒的情境。
活動後的省思	1. 從孩子的陳述中，可以更進一步了解孩子的想法，許多時候大人會用自己認為最好的方式來對待孩子，卻忽略孩子的心聲。 2. 透過這個活動，可以培養孩子的記憶能力。

78

我的母親　常雅珍

逝水般的年華，帶走了她的青春，流水般的歲月，浸染了她的黑髮。曾幾度潮起潮落。曾幾度花開花謝，她總是引頸企盼孩子的歸來，她是誰呢？她就是母親。

記得小時候，媽媽時常騎著腳踏車，載著我和姊姊一起去吃麵，當時媽媽總是點一碗四十五塊的牛肉麵給我們吃，自己卻吃一碗十二塊的陽春麵，小時候的我，不禁好奇的問媽媽：「為什麼不吃好吃的牛肉麵呢？」媽媽笑一笑，對我說：「媽媽喜歡吃蔬菜，所以最喜歡吃陽春麵了！」

圖4-43

長大之後，終於了解媽媽的一番苦心，她總是把最好的留給我們，正如希伯來諺語所言：「上帝因為無法照顧天下的兒女，所以創造了母親。」所以如果我有一點一滴的成就，都要感謝我的母親。

我的爸爸　頂溪國小三年級　吳佳靜

有一天，爸爸開車時，忽然看到有一隻小狗躺在路中央，眼看著就要被機車撞到了，在這千鈞一髮的時刻，爸爸奮不顧身的衝向前去，救起那隻小狗。然後爸爸就問我：「要不要養這隻小狗呢？」我對爸爸說：「這隻小狗好可憐，我們來照顧牠！」於是，我們家多了一位好朋友。

圖4-44

從這件事可以看出爸爸的偉大，為了一隻小狗，可以不顧自己的安全，將來我長大，也要像爸爸一樣，有一顆溫暖善良的心。

我的媽媽　頂溪國小三年級　賈起銘

我有一位偉大的媽媽，她帶給我溫暖幸福的感覺。

記得有一天早上，我看見媽媽早餐吃得很少，只為了要讓我們多吃一點；到了學校，我忘了帶東西，媽媽又很擔心，十萬火急的幫我送來；回家寫功課的時候，只要有我不認識的字，媽媽像字典一樣，很快就讓我把字查出來了。

圖4-45

我感謝媽媽，有了媽媽，我的生活充滿了歡樂。

修辭技巧之十二「感嘆法」

　　感嘆的寫作形式，是孩子們與生俱來的本領。日常生活中，我們常有驚訝、歡喜、快樂、悲傷的情緒，這些情緒讓我們的思緒與想法隨之產生不同的感嘆語詞，譬如炎熱的夏天，若有冰淇淋在手，我們常會異口同聲說出「哇！」或「好棒！」等等語詞；考試考得不好，「唉！」「可惜！」也會不禁脫口而出。這些由於情緒的變遷而隨之說出或寫出的語詞，運用在寫作上就是感嘆法的修辭。

　　運用感嘆法的修辭時，必須應用得當，方能使作者表達全文時，達到恰如其分的效果，如果措辭不當或濫於使用，則會造成畫蛇添足或畫虎不成反類犬的情況。譬如寒冷的冬天，媽媽送小明一條白色的圍巾，小明高興的說：「哎喲！好棒！媽媽送我一條白色的圍巾。」此時「哎喲」兩個字，顯然不是情緒興奮的語詞，便造成表達不當的效果；如果小明說：「哇！好棒耶！媽媽送我一條白色的圍巾耶！」其中用了兩個「耶」字，亦會形成多此一舉的情況。唯有審慎恰當的使用感嘆語詞，方能恰當傳達作者的情緒和感受。

奇怪的事

頂溪國小三年級　李玟璇

今天我回家的時候，太陽已經下山，咦！忽然聽見怪聲，往兩邊一看，又沒有動靜，從我後面跳出一個人影，圓圓的臉，眼睛像櫻桃，嘴巴像山洞，鼻子像蓮霧，身上穿著五顏六色的衣服，開燈一看，原來是媽媽，因為我的生日到了，媽媽想給我一個驚喜，所以用奇怪的聲音來引起我的注意，真是有趣！

圖 4-46

好玩的遊樂設施

頂溪國小三年級　牟思儒

星期天的早晨，爸爸心血來潮，帶著全家人一起到六福村玩，一走進六福村，哇！真是人山人海，我看到各式各樣的遊樂設施，心裡更是躍躍欲試，雀躍不已！

圖 4-47

其中最令人流連忘返的三種遊樂設施是風火輪、咖啡杯和鬼屋，風火輪玩起來精采刺激，許多人驚聲尖叫；咖啡杯轉來轉去，轉得我暈頭轉向；鬼屋的氣氛詭異，千奇百怪的東西令人毛骨悚然，這些好玩的遊樂設施，讓人玩了還想再來一次。

月眉娛樂世界　頂溪國小三年級　陶建宇

　　今年暑假，我和全家人到月眉娛樂世界，到了那裡，我真是大開眼界，五花八門的遊樂設施，我每一樣都很想玩，但受限於身高，並不是每一樣都能玩得到。

圖4-48

　　最後，我選擇去玩一項名為「黑洞迷航」的遊樂設施，它先是慢速爬行，進入恐怖黑洞後，讓我有一種不祥的預感，哇！忽然車頭向後轉，車身背對軌道快速衝下，我只記得當時大喊一聲：「媽呀！」我們就衝到軌道的底層，這真是太刺激了，讓我終生難忘。

我想發明……

古亭國小六年級　徐御唐

　　「啊！完了！在高速公路上哪裡有廁

圖4-49

所，我快忍不住了！」「唉！塞車了！到目的地到底還要多久呢？」一陣陣的「慘叫」聲從車上傳出，但是在車水馬龍的高速公路上，大家也只能唉聲嘆氣，抱怨連連。

　　此刻，我忽然想發明一種車子，在尿急時只要按一個鈕，椅子立刻變成馬桶，排洩物也會被轉換成能源，一點也不「浪費」喔！遇到塞車時，只要按下按鈕，車頂就會長出「螺旋槳」，直接起飛，省下許多時間，而且過河時，還能變成潛水艇呢！希望有一天，我真能發明出這種車，我想這會成為革命性的大發明。

修辭技巧之十三　「雙關法」

　　「一語雙關」是日常生活中常見的情形，例如過年的時候，若是有人不小心打碎東西，討個吉利就得說出「歲歲平安」，其中的歲和碎其實是一語雙關；還有董潔陵小朋友的文章中，提到「擁有一口潔白如新的好牙，不會有『難以啟齒』的困擾」，其中的「難以啟齒」原意是指不好意思而說不出口，在此處則是指怕受到嘲笑而開不了口，一語雙關；有一天，筆者走在街上看到一家茶坊，招牌名稱寫著「調查局」，其中的查和茶又是一語雙關的代表。生活中時常看到許多雙關語，適時的應用雙關語，會讓人感到耐人尋味，不禁莞爾一笑。

　　牙齒　頂溪國小三年級　董潔陵
　　牙齒雖然小，但是卻很重要，它可以讓我們享受山珍海味的食物，也可以幫助我們發音標準，還可以增進美觀。

　　但是如果不好好保護牙齒，滿口蛀牙，除了有礙觀瞻之外，看牙醫時的痛苦，更是令人坐立難安，牙齒掉了，說話還會漏風，讓人聽不清楚。

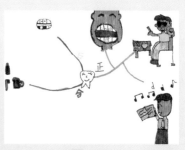

圖4-50

　　所以牙齒的好壞，對我們的影響很大，我們應該養成飯後刷牙以及定期檢查牙齒的習慣，才能擁有一口潔白如新的好牙，不會有「難以啟齒」的困擾。

夏天　中台科技大學一年級　吳瑋婷

　　驕陽如炙的夏天，是許多人的最愛，眺望那一望無際的大海，人山人海的景象，許多人嬉戲玩水，不亦樂乎！享受暢快無比的清涼滋味，如果是待在室內，打開冷氣，再來一枝香醇可口的冰棒，同時讓你暑氣全消，吃得津津有味！夏天讓許多人大呼過癮，即使家庭主婦也不例外，因為熱力四射的太陽，可以讓衣服棉被曬得暖烘烘的，穿起來乾淨又舒服。

　　夏天的好處不少，卻也會帶來一些煩惱，吹冷氣所帶來的電費會讓我們的荷包大失血外，無情的太陽也會讓愛美的女性「花容失色」，不僅白嫩嫩的皮膚變得黑黝黝，不勤加洗臉的話，「天生尤物」也會變成「天生油物」，一張臉油膩膩；還有愛美的女生必須加把勁來減肥，因為夏天穿著清涼，一不小心，便會洩漏最高機密，身上的肥肉想藏也無所遁形。

　　雖然夏天也會帶來一些困擾，我還是喜歡夏天，大家只要做好防曬工作，適時的運動，就能享受輕鬆愉快的夏日風情。

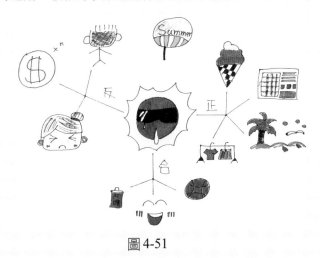

圖4-51

第五篇　寫作布局篇

　　透過修辭技巧的學習，可以幫助學生體會寫作的樂趣及遣詞用句的方法，接下來，老師可以進一步引導學生進入文章的布局。本書將提供幾種常用的布局方法，使學生對寫作方式更加了解。

第一節　條列法

　　將文章的重點，以分條敘述的方式，有條不紊的敘述，即是「條列法」，初學作文的學生，很容易學習此一方法，但在使用時，往往失之龐雜，列出的點項太多，讓人眼花撩亂，所以當學生想出的點項眾多時，老師應鼓勵學生歸納為三到五點詳細論述，鄭博真（1993）認為三到五條的論述最為適當。

　　地球　頂溪國小三年級　鄭軒鵬
　　地球是一個美不勝收的星球，我們好好愛護地球，子孫後代就能享受地球上的青山綠水、鳥語花香，但是如果大家繼續污染環境，地球可能會面臨滅亡的危機。

圖 5-1

　　以下我提出幾種方法來保護地球：
　　一、大家多做資源回收。
　　二、工廠或交通工具不要製造廢氣。
　　三、不要濫墾森林並減少塑膠袋的使用。
　　四、工廠不要排放廢水，污染海洋。
　　如果我們都能做到，子孫就會有美好的生活環境了。

眼睛

頂溪國小三年級　黃品馨

眼睛是我們的靈魂之
窗，沒有眼睛，我們就看不
到這個五彩繽紛的世界了，
有了眼睛，生活才能多采多姿。

圖 5-2

　　現在的小朋友，近視的比例很高，近視要戴上眼鏡，美麗的眼睛隔
著鏡片，就不再閃閃發光、楚楚動人，不僅如此，還會帶來許多生活上的
不方便，例如吃麵的時候，熱騰騰的麵就會使眼鏡霧濛濛的，看不清楚；
打球的時候，戴著眼鏡也很容易弄破鏡片而傷到眼睛。

　　了解眼睛的重要性，要如何保護眼睛呢？應該注意下列幾點：

　　一、看電視的時候要保持距離，看了三十分鐘後，記得讓眼睛休息
十分鐘。

　　二、下課的時候，多看一看遠方的青山綠樹，讓眼睛充分休息。

　　三、多吃富有維生素 A 的食物，像胡蘿蔔、深綠色蔬菜、魚肝油，
將有益眼睛的健康。

　　四、看書或寫字的姿勢要端正，寫字不能趴著寫，看書不能躺著
看。

　　五、眼睛不舒服的時候，要去看眼科醫師，切勿用手揉眼睛，以免
感染細菌。

狗　中台科技大學一年級　陳秋華

　　狗是人類最忠實的好朋友，牠不僅陪伴我們，並且帶來無數的歡樂，心情鬱悶時，看到狗兒貼心的搖尾巴，討人喜歡的貼心模樣，讓人不再感到孤單，所以許多人喜歡養狗，但是養狗時，還是有許多需要注意的地方：

　　第一、狗的壽命並不長，一旦狗狗離開人間到天國，許多主人都會傷心不已，所以養狗之前要做好心理建設，了解自己可能要面對心愛的寵物生命結束的一天。

　　第二、必須要定期帶狗去整理儀容、買狗飼料，所以必要的開銷是不能省的，如此一來，才能帶給狗健康及好的生活品質。

　　第三、養狗人士要有公德心，不要讓狗隨處大小便；在家也隨時清理狗狗的排洩物，保持整齊清潔的環境。

　　第四、必須定期帶狗去打預防針，當狗生病時，也要帶牠們去看醫生，以免狗兒因為細菌或病毒感染而病情加重。

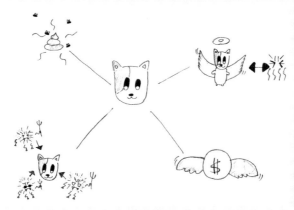

圖 5-3

紅火蟻　頂溪國小三年級　李宜勳

朋友們，你們知道紅火蟻有多可怕嗎？他們的行動迅速敏捷，還會咬死人呢！所以我現在簡單介紹大家消滅及治療紅火蟻的方法：

一、陽台或草叢中發現紅火蟻的巢穴，可以用農藥或熱水沖十天。

二、被咬時立刻在傷口擦拭酒精、柚子皮油。

三、手腳噴灑柚子皮油或用柚子皮油淋浴可以預防紅火蟻的叮咬。

四、吃辣椒及醋的料理。

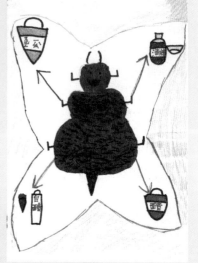

圖 5-4

第二節　先總後分法

　　鄭博真（1993）認為「先總後分法」又可以稱為「先合後分法」或「頭括法」，是只在文章的開頭先對題目做一個總結性的描述，點出文章的主旨，然後再分段敘述文章的各個重點，例如在「我的家人」中先描述家人在一起生活的快樂時光，再介紹每一位家庭成員的特色，又如「本班風雲人物」中，先介紹整個班級的特色，再分別說明每一位風雲人物的獨特之處。

　　班級風雲人物　頂溪國小三年級　李宜勳

　　我們班就像一個溫暖大家庭，同學們相親相愛，和樂融融，愉快的生活在一起。

　　我們班有一位長得像潘安再世，身材虎背熊腰的美男子，叫做鄧兆廷，他的力氣大到可以抬起一輛車子。還有一位閉月羞花的美女沈宜瑾，你只要看到她那一雙楚楚動人的眼睛，就會迫不及待的想去幫助她。

　　英俊瀟灑的楊炫恭，他的綽號叫做羊咩咩，最大的專長就是考大家謎語。還有長得如花似玉的王思雅，她的氣質很典雅，但是你想要耍她很難，所以千萬別去惹她。

　　最後介紹一下我自己，我是李宜勳，我很會讚美別人，是班上的開心果，也喜歡講笑話給大家聽，大家聽了我的笑話，都會捧腹不已！

圖 5-5

本班風雲人物　頂溪國小三年級　李宛霖

　　我們三年七班是一個溫暖的大家庭，每個小朋友都長得甜美可愛，現在讓我來介紹本班風雲人物。

　　她的身材瘦小，頭髮很長，像一位長髮公主，時常笑臉迎人，看起來笑容可掬，你知道她是誰嗎？她就是陳珮瀅。

　　梁依昀是個乖巧聰明的好女孩，她長得很可愛，頭上夾著一對哈姆太郎的髮夾，笑起來很好看！她平常熱心服務，時常幫助同學。

　　李亞頻坐在我旁邊，下課時我們經常玩在一起，她挺挺的鼻子像一座小山，小小的嘴巴像一粒櫻桃，也是一個品學兼優的好學生。

　　最後介紹一下我自己，我是李宛霖，身高一百三十七公分，體重卻只有二十五公斤，媽媽常常說我的體重不及格，所以我現在努力的目標，就是要多吃一點，讓自己的體重達到標準。

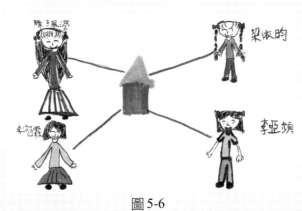

圖 5-6

我們一家人　頂溪國小三年級　葉庭瑜

　　我有一個幸福美滿的家庭，家裡有我、爸爸、媽媽、外婆和弟弟，每天都過得很愉快。

　　我的媽媽像一部遊覽車，時常帶我們出去玩，所以我到過許多風光綺麗的好地方。

　　我的爸爸是一個計算機，他算數學的速度很快，而且再難的題目也難不了他。

　　我的外婆像一隻八爪章魚，她煮的東西都是山珍海味，讓我們吃得津津有味。

　　我的弟弟哭功一流，他一發脾氣，就會鬧到全家天翻地覆、雞犬不寧，所以家人只好多忍讓他，以免被他的淚水淹沒。

　　我是家裡的活字典，弟弟有任何不會寫的字，他都跑過來問我，我也很樂意告訴他，所以我在家裡也是不可或缺的好老師呢！

圖 5-7

第三節　先分後總法

　　鄭博真（1993）認為「先分後總法」又可以稱為「先分後合法」或「尾括法」，這種布局的方法和「先總後分法」相反，「先分後總法」是先對文章的內容做詳細的敘述，最後再歸納並作出結論，例如在「我的家人」中先描寫每一位成員的特色，最後再歸納說出自己對所有家人的感謝。

　　我的家人　頂溪國小三年級　　吳毓家

　　我有一個哥哥，他像迅猛龍一樣兇猛，他生氣的時候，就像火山爆發。

　　我有個爸爸，他是一個大胃王，一天要吃七碗飯，如果有好吃的點心，就可以吃下成千上萬的甜點。

圖 5-8

　　我還有一位溫柔的媽媽，她像綿羊一樣，逛夜市的時候，我想買的東西，她都會義不容辭的買給我。

　　我要感謝我的家人，在她們的細心照顧下，我才能快樂的成長，成為聰明的小孩。

第四節　訪談法

　　將對親人、朋友或師長的訪談內容，做為文章的題材，是很有趣的方式，小朋友可以針對自己有興趣的部分再做發揮，滿足與生俱來的好奇心及探索欲。

　　老師在指導學生初次從事訪談法時，可以先由老師訂定一個主題，讓學生根據主題再找出兩個有興趣的問題，並引導小朋友重視人權及隱私，讓受訪者不致備感壓力。訪談所得的結果，應該透過重點記錄之後，再做歸納整理，才能成為一篇好文章。

　　老師可以透過「小記者」的活動，來增進小朋友的興趣，如果小朋友擔心自己記不住訪談內容，可以攜帶錄音機錄下訪談者的聲音，以便重複聆聽，學生進行訪談之前，老師應先教導學生一些重要的訪談原則：

一、透過肢體動作讓當事人感受到接納和尊重：訪談當事人時，應面向當事人，雙方保持眼神接觸，以輕鬆自然的表情和態度應對，並適時給與簡單的口頭回應，讓當事人感受到你的專注。

二、傾聽時以對方角度思考：傾聽時必須暫時把自己的意見收回去，試著以對方的角度思考，並從對方的角度感受情緒，這樣會讓當事人覺得受到重視（蔡秀玲，楊智馨，2000）。

三、尊重當事人的感覺：當對方不願對所陳述之事物進一步闡述時，或許是因為接下來的問題可能會觸及內心深處不堪回首的往事，引發負向的情緒，此時，訪談者應該就此打住，尊重當事人的感覺，而非窮追不捨，只為滿足自己的好奇心。

四、訪談時可以透過現場札記加以記錄，因為有些靈感必須當下捕捉，稍縱即逝，因此訪談時除了錄音記錄之外，透過現場札記摘要重點，可以便於事後思緒的重整與資料的統整。

訪談媽媽的記錄　頂溪國小三年級　吳佳靜

一、媽媽最難忘的事是什麼？

　　小時候住在鄉下，過著鄉村生活，每天放學回家後，都要幫忙去放牛羊吃草，也趁這個機會和鄰居的小朋友一起玩遊戲。

　　路旁有一條鐵軌，是運貨的小火車在走的，每當聽到「噹！噹！噹！」的聲音，所有的小朋友都會站在鐵軌旁，看一看火車運來什麼東西。有時候小火車載著白甘蔗要去製造糖，因為車上的甘蔗很滿，走到這一段鐵軌時，甘蔗會掉好幾把下來，我們就等火車走過了，再把甘蔗撿起來帶回家吃，可惜現在的小孩子再也看不到這種小火車了。

二、為什麼媽媽那時候不帶我去餵牛羊呢？

　　因為媽媽小的時候，你還沒出生呢！

三、媽媽的夢想是什麼？

　　我希望我的孩子長大以後，可以當老師，因為老師都很受人尊敬，是很神聖的工作。

我的媽媽　頂溪國小三年級　吳佳靜

我的媽媽眼睛亮亮的，腳細細的，頭髮長長的，穿起高跟鞋來婀娜多姿，好漂亮喔！

媽媽最難忘的事情是小時候放牧牛羊時，路旁有一條鐵軌，是運貨的小火車在走的，每當聽到「噹！噹！噹！」的聲音，所有的小朋友都會站在鐵軌旁，看一看火車運來什麼東西。有時候小火車載著白甘蔗要去製造糖，因為車上的甘蔗很滿，走到這一段鐵軌時，甘蔗會掉好幾把下來，媽媽就等火車走過了，再把甘蔗撿起來帶回家吃，可惜現在的小孩子再也看不到這種小火車了。

媽媽把夢想寄託在孩子的身上，她希望我們長大後能成為好老師，因為老師是很神聖的工作，而且受人尊敬，所以我要努力用功，完成自己和媽媽的夢想，做一個認真負責又有愛心的好老師。

圖 5-9

我的室友　中台科技大學一年級　邱育詩

她長得慈眉善目，個性也相當沉穩文靜，臉上的特徵是一雙細長的「小眼睛」，笑起來瞇成一條線，格外讓人感到和藹可親，還有她長年累月的「包包頭」，

圖 5-10

在年輕美少女的行頭中，是絕對看不到的裝扮，「雨鞋」更是她的正字標記，走在校園中，只要看到雨鞋踏過的腳印，必然是丫嬤走過所留下的足跡。

你可別以為「丫嬤」未老先衰，所以打扮穿著完全跟不上時代，她的體力可是無人能及，舉凡羽球、籃球都是她的最愛，而她的夢中情人也獨樹一格，「阿公」居然是路邊一棵椰子樹，很酷吧！

丫嬤雖在球場上叱吒風雲，但實際上的膽量卻是奇小無比，一般人視為平常的小螞蟻，就足以讓丫嬤驚聲尖叫，若看到蟑螂，丫嬤更是嚇得毛骨悚然、聲嘶力竭，甚至連許多人的寵物——貓咪，都讓丫嬤覺得倒盡胃口。

寫到這裡，各位不禁感到不可思議，我居然有這樣一位與眾不同的「丫嬤」，告訴你一個小祕密，她其實是我的好朋友，也是我的同學及室友，她的綽號叫「丫嬤」。

　　我的大姐　中台科技大學一年級　王詩函

　　我有一個親切美
麗又可愛的大姐，她
的興趣十分廣泛，唱
歌和聽音樂都是她的
最愛，每次一拿起麥
克風，就欲罷不能的
唱個不停，讓全家都
受不了，但她還是有
一項興趣讓大家開心
不已，那就是做菜，
這也是她的拿手絕

圖 5-11

活，每次大姐的好菜上桌，大家看了都垂涎不已，食指大動，她的廚藝同
時滿足了全家人的口腹之欲。

　　大姐雖然手藝高超，卻也有挑食的毛病，看到胡蘿蔔就避之唯恐不
及，因為她認為胡蘿蔔有一股怪味道；其次，她也不喜歡做家事，因為做
家事會讓她汗流浹背，所以痛恨不已；大姐最害怕的莫過於與男朋友爭
執，如果吵得面紅耳赤，都會讓大姐傷心不已，因為她心裡非常愛她的男
朋友。

　　談到未來的夢想，大姐的眼睛突然一亮，綻放出炯炯有神的光采，
她毫不考慮的說：「我要賺大錢，嫁一個疼我、愛我的好老公！」哈哈！
真是女大不中留，夢想真的很實際呢！

第五節 三段說明法

　　鄭博真（1993）認為「三段說明法」中所說的三段，通常是指三個綱要，而不是文章只能有三段，三個綱要可以分成「正、反、合」或是「反、正、合」，例如「手機」可以從正面先說明手機帶來的好處，例如可以幫助我們交很多朋友、可以抒發情感讓心情變好、並且能維繫遠距離的情感；再從反面說出手機的壞處，例如電磁波的傷害、花費高、易摔壞；最後做出總結並說明如何使用手機。

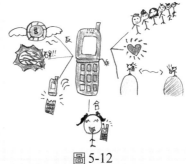

圖 5-12

手機　中台科技大學一年級
趙孟芬

　　由於科技進步，手機已成為每個人的基本配備，人手一機儼然成為流行的最新趨勢。手機之所以蔚為風潮，自有它的妙用存在，首先它可以幫助我們與朋友聯繫，彼此聯絡感情，其次，即使相隔兩地，距離不會使感情變質，因為空中熱線也能傳達彼此的心意。

　　但是手機的存在，也帶來一些問題，時下年輕人常常求新求變，追求時髦的心態下，買一支手機動輒上萬元，電話費更是所費不貲，另外，手機的電磁波會對腦部造成傷害，是健康的隱形殺手，而且輕輕一摔，就可能故障壞掉，使用時不得不小心翼翼。

　　綜合來說，手機雖然也會有缺點，但是它為我們的生活帶來更多便利，使我們的生活更加多采多姿，所以我們只要適度使用，戴起耳機，就可以讓手機的傷害減到最低。

視訊　中台科技大學一年級　陳佑如

　　視訊是現代科技的新產物，它讓人即使相隔兩地，也可以透過視訊看到對方，並且可以利用照相功能，將自己的照片放在 MSN 的大頭貼，還可以遠距教學，在家就可以輕鬆學習。

　　視訊雖帶來前所未有的便利，卻也潛藏一些危機，像是自己的照片或資料貼在網站上，可能被不肖分子移花接木，或暴露自己的身分，因此帶來危機，其次，有些人透過視訊經營色情網站，更使此一新興科技蒙上陰影。

　　總括來說，科技進步是現代人的一大福音，使用視訊時，必須小心謹慎，就可以避免麻煩上身。

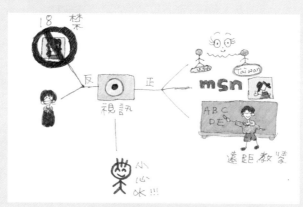

圖 5-13

樹爺爺　頂溪國小三年級　李芝妤

　　樹爺爺讓我們呼吸新鮮的空氣，幫助我們擁有健康的身體，夏天驕陽如炙的時候，他還打開寬廣的手臂，用樹蔭讓我們乘涼，樹爺爺還可以抓住土壤，減少土石流的發生，小朋友如果多看遠方的樹爺爺，他可以使你們的視力變得更好呢！

　　但是樹爺爺的存在，也帶給人們一些困擾，像是上山的時候，樹爺爺太多，就容易迷路，有一些樹爺爺長在路上，也會擋住路，造成視線不良。

　　雖然樹爺爺也會帶來一些麻煩，但是他的貢獻更大，所以我們要保護樹爺爺，愛護美麗的大自然。

圖5-14

車子　頂溪國小三年級　甘景昕

　　大家都喜歡汽車，汽車可以載我們一起去遊山玩水，四處兜風，欣賞美麗的風景，還可以享受風馳電掣的快感，不亦樂乎！所以現在家家戶戶幾乎都有一輛汽車，是外出旅遊不可或缺的交通工具。

　　汽車的好處雖然很多，但是缺點也不少，特別是在台北開車，塞車的痛苦是很多人的夢魘，排出的廢氣，也會造成污染，產生的喇叭聲及噪音，更是讓人受不了！

　　了解汽車的優缺點，如何改善這些缺點呢？第一是大家應該多用無鉛汽油或瓦斯做燃料，可以減少污染，其次不要亂按喇叭，以維護安寧。

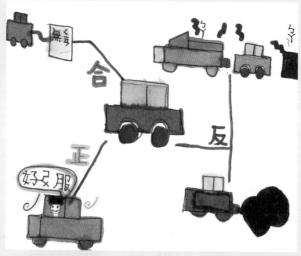

圖 5-15

第六節　自編故事

　　故事是上一代將訊息、知識、智慧傳遞給下一代的主要方法，也是人們對環境賦與意義的重要方式，藉此可以幫助兒童成長、協助兒童了解世界，並增進彼此的關係（蔡麗芳，1998），遨遊在童話故事的世界裡，總是讓孩子沉醉與嚮往，所以自編故事可以幫助孩子延伸想像力，對孩子而言，充滿無窮的樂趣。

　　除了透過耳熟能詳的故事改編之外，筆者在實際的教學中，發現孩子更喜歡以同學為主角來自編故事，當小朋友的故事呈現出來時，全班往往哄堂大笑，大家都樂在其中，但是老師應適時提醒孩子，不要因為顧及故事的趣味性，而涉及對故事主角的人身攻擊。

　　這是一個對初學作文的孩子而言，相當有趣的嘗試，老師若能輔以活動設計的方式教學，孩子學起來會更有樂趣！

活動名稱	預測大結局
理論基礎	創造力的特徵： 1. 變通力：思考能千變萬化，舉一反三。 2. 獨特：想法與眾不同。 3. 流暢：在較短的時間，表達較多的觀點。 4. 精進力：發展或修飾構想及產生許多細節描繪構想的能力。
適用年齡	三到十歲
活動流程	1. 講故事的前半段或在重要的轉折處停頓下來。 2. 激發孩子的想像力，讓孩子想一想接下來會如何，例如「小明回家的路上，看到一顆好大的蛋，他連續看到好幾天，那顆蛋都沒有人照顧，於是他想把蛋帶回家，可以好好的照顧他，他要怎樣照顧蛋，蛋中的寶寶才能早一點生出來呢？」 3. 接下來讓孩子從幾個角度來猜猜看可能的結局。 4. 最後家長或老師說出書中的故事結局，讓孩子比較一下，想一想自己喜歡哪一種結局。
注意事項	在家看錄影帶也是一個不錯的學習機會，也許影片的時間過長，為孩子的視力著想，父母或許只能讓他們看一半，之後的結局如何，就來玩「預測大結局」，可以減低孩子的失落感。
活動後的省思	1. 孩子從這個活動中可以促進想像力及創造力。 2. 父母師長應該引導孩子一個較好的結局，以便促進他們將來解決問題的能力，例如小紅帽在森林裡迷路了，如果孩子想到的結局是「一直哭，一直哭，叫媽媽來救她」，這時候，大人應引導孩子「媽媽不在身邊，不能幫小紅帽，她除了哭之外，還可以想到更好的辦法嗎？」

活動名稱	連連看
理論基礎	語法結構 語素線性連結而形成句子和片語，像「貓追老鼠」、「天在下雨」等引導句子和片語的規則系統形成語法（syntax），語法包含句子的結構，結構兼具意義及可理解性。
適用年齡	七到九歲
活動流程	1. 準備四個小箱子及大小相同的紙片。 2. 在箱子外面分別寫上「人」、「事」、「時」、「地」。 3. 分別發給每個人四張紙，負責寫上自己的名字、事件、時間和地點。 4. 把紙片投入箱子，遊戲就可以開始。 5. 每個人在每個箱子各抽一張，完成一小段話。 例如：抽中「林小姐、一大早、地下室、看報紙」，就可以說「林小姐一大早起來，走到位在地下室的便利商店買報紙和早餐，回家看報紙上發生哪些國內外大事。」
注意事項	小朋友在玩連連看活動時，並不是一句一句獨立自成的，而是互相關聯的延續。
活動後的省思	利用這種練習，教孩子找出句子前後的連接點，讓孩子注意說話時前後連貫的重要性。活動後可以問孩子：「誰的連連看連得最有趣？哪一個地方的故事最吸引你？」

活動名稱	初級故事接龍
理論基礎	合作教學的特色： 1. 積極的相互支持：成員在學習中可以感受到彼此有共同的命運，彼此互相依賴、有福同享的情況下，能尊重並欣賞別人的成就。 2. 面對面的溝通：合作學習運用各種交互作用的形態和語言溝通，增進彼此之間的互動，因此，學習形態具有動態關係，可以形成適當的支持作用，建立積極的人際關係。
適用年齡	三到十歲
活動流程	1. 選擇一個孩子熟悉的故事為開場白，老師說完故事後，再逐步分解故事，讓孩子了解故事是一句話、一句話組成的。 2. 提出「故事接龍」的規則，每一句話都是由不同的孩子去思考和接續的，大家共同完成這個故事。 3. 剛開始由老師開頭，大家合力完成故事；第二回合由同學輪流開頭，自行完成一個個不同的故事。
注意事項	1. 遊戲過程中，每個孩子都要注意聆聽其他同伴的接龍內容，才能順利完成自己的接龍，這個活動同時培養尊重和傾聽的能力。 2. 若孩子太害羞、口吃或沒有自信心，遲遲無法說出自己的接龍，老師及同學應該學習等待的藝術，不應頻頻催促，以免加深孩子的恐懼及退縮，必要時，老師可以適度引導。
活動後的省思	1. 對於接龍部分有困難的孩子，老師不妨順勢引導，例如前一位小朋友講到：「小花想要去玩水球。」下一位小朋友遲疑許久沒有回答，老師可以問說：「小花去玩水球了嗎？」讓孩子簡單的回答：「對，他去玩水球了。」 2. 編好後的故事，大家可以做角色扮演，合力演出自己精心編寫的話劇。

活動名稱	進階故事接龍
理論基礎	合作教學的特色： 1. 積極的相互支持：成員在學習中可以感受到彼此有共同的命運，彼此互相依賴、有福同享的情況下，能尊重並欣賞別人的成就。 2. 面對面的溝通：合作學習運用各種交互作用的形態和語言溝通，增進彼此之間的互動，因此，學習形態具有動態關係，可以形成適當的支持作用，建立積極的人際關係。
適用年齡	九到十五歲
活動流程	1. 老師與同學先共同討論故事主題。 2. 確定主題後，開始進行故事接龍。 3. 每一個故事情節都透過大家合力思考，討論出怎樣接比較好，確定後的情節由老師寫在黑板上。 4. 繼續下一個情節，直到故事完成。 5. 完成後的故事再進行檢核，看看故事是否符合原先的主題。 6. 若故事不適合原先的主題，可以修改故事內容，或選擇一個更適合的故事主題，以呼應故事內容。
注意事項	讓每個孩子都能充分表達意見，尤其是內向害羞的孩子，更應多鼓勵他們說出自己的想法，製造成功的經驗。
活動後的省思	這個活動可以培養孩子的語文能力，還可以訓練孩子的邏輯思維，判斷故事連接的合理性。

活動名稱	毛線球故事網
理論基礎	自我調節論 1. 自我監控（self-monitoring）：自我監控是指觀察自我的行為並加以監督控制。 2. 自我評估（self-evaluation）：自我評估是自我酬賞的基礎，個人將自己的表現與標準相比較，必要時調整標準，達到標準時自我增強。 3. 自我增強（self-reinforcement）：自我增強則表示個人由於滿意自己的成就標準，而利用內外在酬賞方式自我酬賞，有助強化自己的行為。
適用年齡	三到十歲
活動流程	1. 選擇一個孩子熟悉的故事為開場白，老師說完故事後，再逐步分解故事，讓孩子了解故事是一句話、一句話組成的。 2. 提出「故事接龍」的規則，每一句話都是由不同的孩子去思考和接續的，每個人講完一句話，就將毛線傳給下一位，大家共同完成這個故事。 3. 剛開始由老師開頭，大家合力完成故事；第二回合由同學輪流開頭，自行完成一個個不同的故事。 4. 為了解孩子故事接龍的進步情形，所以限時五分鐘，並且利用毛線球的連結網路來檢視大家的表達情況，如果這個限時故事的毛線網連結五條，下一個故事連結七條，則表示內容上更豐富，更有進步。
注意事項	為讓所有小朋友都有表達的機會，沒有連結毛線網的同學應於下一回合優先開始。
活動後的省思	透過毛線網的連結情形，老師可以說明小朋友通力合作編故事的進步情形，讓孩子自我評估自己表達能力是否有進展，並提供自我增強的機會。

自編故事

恐龍　常雅珍

　　有一天，小華上學的途中，撿到一顆好大的蛋，小華每天都去看那顆蛋，還上去孵蛋，每天都跑去抱抱它，給它溫暖，希望蛋趕快孵出來。一個星期之後，蛋殼裂開了，原來是一隻小恐龍，小恐龍看見小華，以為小華是爸爸，就不停的跟著他。

　　小華等了很久，發現恐龍媽媽都沒來照顧牠，於是決定自己養育這隻小恐龍。夏天的時候，他帶著小恐龍去海邊洗澡，用肥皂把牠的身體洗得香噴噴的；假日的時候，他帶小恐龍去麥當勞，一起吃薯條、可樂和炸雞；睡覺的時候，小華唱催眠曲哄小恐龍睡覺。日子一天一天的過去，他們變成了最好的朋友，他們打招呼的方式很特別，只要小華一放學回家，他摸小恐龍的鼻子，小恐龍的鼻子就會動一下，發出ㄋㄋ的鼻音，表示歡迎小華回家。

　　自從有了小恐龍這個大力士朋友，再也沒有人敢欺負小華。小恐龍漸漸長大了，大家一看到牠龐大的身軀，害怕得不得了！直到有一天，有一戶人家發生火災，許多人在高樓上呼救，那些人眼看著就要被燒死了。這時候，小恐龍勇敢的跑過去，高樓上的人就摸著小恐龍的鼻子，聽到小恐龍發出ㄋㄋ友善的聲音，小恐龍將他們放在背上滑下去，救了好多人，牠又用嘴巴吸水一噴，大火就熄滅了，大家都稱讚小恐龍是一個英勇的消防隊員。

　　有一天，小恐龍生病了，小華看得出來小恐龍很想念媽媽，於是小華決定帶牠到森林去找恐龍媽媽。眼看著天快黑了，忽然聽到ㄋㄋ的聲音，小華抬頭一看，居然是恐龍媽媽，小華心裡很高興，但是他又怕恐龍媽媽以為他是壞人，於是拿出小恐龍的照片，恐龍媽媽看了很開心，就一直跟著小華。在小華的幫忙下，恐龍母子終於團圓了。

自編故事

離家記　古亭國小六年級　徐御唐

在一個寒冷的冬天早晨，小明正在家裡玩著電腦遊戲，忽然電腦被關掉了！他的爸爸生氣的說：「整天只會打電動，功課也不寫，真是沒有用的孩子！」小明聽了火冒三丈，頭也不回的跑走了。

一踏出家門，凜冽寒風就凍得小明全身發抖，他正想回家拿外套，卻又想起剛才發生的那一幕，就毅然決然的離開了家。

這一切都被冬神看到了。祂決定讓小明吃點苦頭，於是天空下起一場大雨，小明被淋成了落湯雞，他只好躲到樹下避雨。

到了晚上，他又餓又冷，已經一天沒吃東西的小明，更顯得骨瘦如柴，他孤單的坐在樹下，放聲大哭：「我不該離家出走的……嗚！嗚！嗚！……」忽然，有一隻強而有力的手拍了他一下，原來是爸爸！小明對爸爸說：「對不起，爸爸，我知道我錯了！」爸爸說：「知道錯就好，下次別再犯了！」小明牽著爸爸的手，回到了溫暖的家，覺得自己好幸福。

圖 5-16

自編故事

大源超人　頂溪國小三年級　黃紀凱

　　很久以前，有一個伸張正義的小源超人，他努力對抗一隻名叫螞蟻星人的怪獸，那隻怪獸頭上的角可以發出強光，他綁走了美麗的公主，於是小源超人飛到怪獸住的地方，兩人展開激烈的戰鬥，小源超人雖然很努力，卻贏不了螞蟻星人。

　　就在螞蟻星人發出致命強光，要取小源超人性命的時刻，小源超人的哥哥大同超人及時趕到，但是仍打不過螞蟻星人，於是兩個人合體成為宇宙第一的「大源超人」。

　　經過了三天三夜的苦戰，大源超人終於擊敗螞蟻星人，順利的救出公主，完成了艱苦的任務，他們兄弟倆從此過著幸福快樂的生活（大同和小源是本班一對可愛的雙胞胎兄弟）。

圖 5-17

113

第七節　順敘法

　　「順敘法」是記敘文中常用的方法，通常是依照時間或事件發生的順序來敘述，由前而後，自始至終。這種寫作方法的優點是層次井然，可以讓讀者一目瞭然，然而初學者往往容易濫用，形成流水帳式的寫法，舉凡刷牙、洗臉、漱口等日常瑣事，均鉅細靡遺的呈現，給人枯燥乏味又繁雜的感受，所以在寫「順敘法」時，仍須掌握「去蕪存菁」的原則，把握文章的重點作敘述，輔以多元化的修辭技巧，才能寫出引人入勝的好文章。

　　以「我最難忘的一餐」為例，它是以上菜順序來記敘最難忘的一頓晚餐；若以遊記為主要內容，參觀景點的順序可以做為主要題材，最後再寫出心得和感想。

　　老師在教學時，也可以透過活動的設計，由淺入深，由易而難的引導孩子從事「順敘法」的寫作。

活動名稱	我的圖畫書
理論基礎	1. 馬斯洛（Maslow）的需求層次論：各層次有高低順序之分，前四者是基本需求，又稱為匱乏性需求，後三者是成長需求。 2. 自我實現（self-acualization）：個體在成長中，其身心各方面的潛力獲得充分發展的歷程與結果，亦即個體生而具有但潛藏未露的良好本質，得以在現實生活環境中充分展現出來。 3. 高峰經驗（peak experience）：追求自我實現的歷程中，歷經基本需求的追尋並獲得滿足，在自我實現時所經驗到一種到達頂峰、超越時空，能與自我心靈交融的滿足感。
適用年齡	四到八歲
活動流程	1. 父母選擇許多圖畫，舉凡月曆、廣告單、照片、明信片等，均可做為圖畫書的內容。 2. 將這些圖片貼在牆壁上，由孩子自由選擇幾張喜歡的圖片。 3. 請孩子看著第一張圖畫開始說故事，故事內容要和圖片有關。 4. 孩子每說出一張圖畫的故事情節，父母就在圖畫下方用文字做記錄，直到完成所有的圖畫為止。 5. 然後在圖片上面加上一張空白的圖畫紙，然後用訂書機訂起來。 6. 最後由母親重複故事情節，請孩子為圖畫書命名及畫上插圖。

注意事項	1. 父母圖畫的選擇，除上述所列之外，亦可以蒐集孩子的作品，做為自製圖畫書的題材。 2. 孩子剛開始製作的圖畫書，頁數不要太多，以免難度過高有挫折感。 3. 當孩子想不出來時，父母可從旁輔佐，做為孩子的鷹架；如果孩子已經具有寫字能力，可以讓他們自己在圖片旁邊寫出故事內容大綱。
活動後的省思	這個活動可以幫助孩子的語言表達能力，也可以促進想像力、創造力以及概念發展，培養認知思考的能力，促進「自我實現」的機會。

最難忘的一餐　頂溪國小　徐御唐

今天是聖誕節，爸爸為了帶我們去慶祝，特地提早回家，要帶我們去吃大餐，我們決定去吃「王品牛排」。

到了那裡，牛排的香味撲鼻而來，使我垂涎三尺，肚子也餓得咕嚕咕嚕的叫著，不一會兒，服務生端來第一道菜「蔬菜沙拉棒」，有白羅蔔、紅羅蔔、小黃瓜等等，咬起來脆脆的，配上香香甜甜的千島醬，真是可口無比。

接下來上第二道菜「酥皮海鮮湯」，我將香酥的麵包皮加入濃濃的海鮮湯中，吃一口酥皮，再喝一口濃湯，哇！那軟軟的麵包入口即化，喝了香濃的湯汁，就永遠忘不了那香醇的奶油味！

最後主菜「牛排」終於上場了，牛排的香味讓我食指大動，我迫不及待的叉起一塊牛肉，沾上黑胡椒香味的牛排醬，鮮嫩多汁的牛肉，一咬下去，汁都噴出來了，真是鮮美極了！

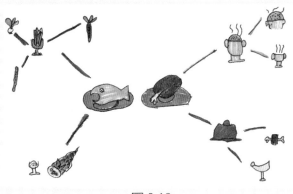

圖 5-18

最後一道菜是甜點，香甜滑嫩的「貝殼布丁」，冰冰涼涼的水果雪酪，吃在嘴裡甜在心裡，讓人難以忘懷！

望著窗外，今晚的天氣寒冷，我們一家人團聚在一起，吃這頓熱騰騰的晚餐，內心感到無限的溫暖！

六福村遊記　頂溪國小三年級　李芝妤

　　有一次，媽媽帶我和弟弟到六福村去玩，沿途看到許多美麗的風景，到了六福村，許多獅子就活生生矗立在我的眼前，威風八面的模樣，讓人膽顫心驚，走到廣場前，還看到五彩繽紛的噴水池，真是美不勝收！

　　一路上我吃著媽媽買的爆米花，五顏六色的爆米花，吃起來香香脆脆，讓人忍不住一口接著一口，配上香甜可口的飲料，享受人間一大美味。

　　我在六福村玩了許多遊戲，最刺激的是「英雄救美」，玩的時候，椅子會動喔！還有人帶著我去救公主，感覺像真的一樣，我們還去玩飛毯，我被甩到天上時，嚇得面無血色！最可怕的遊戲是「蘇丹王大冒險」，裡面有好多魔鬼，有一個魔鬼對弟弟說：「我要吃掉你！」弟弟害怕得哭了！旁邊有一隻龍，當我好奇的看著牠時，牠居然將水噴到我的鼻子裡了。

　　這次的六福村之旅，真是刺激又好玩，讓我難以忘懷。

圖 5-19

第八節　倒敘法

　　「倒敘法」先將現況或結果呈現出來，再以回憶的方式寫下過去的點點滴滴，除了適合記敘文的文體之外，也很適用於抒情文，它由後往前的布局方式和「順敘法」由前而後的方式恰恰相反，許多膾炙人口的小說和電影，都是採用「倒敘法」的方式呈現，帶有懸疑特殊的效果，讓人有想一窺究竟的念頭，可以引起讀者的動機和注意。

119

憶兒時　古亭國小　徐御凡

翻開相簿，勾起我許多甜蜜的回憶，彷彿乘坐時光倒流的機器，讓我能再次重溫童年的美好回憶。

看著這些照片，童年的景象歷歷在目，一一浮現眼前，依稀記得我四歲的時候，要上中班的前一天，媽媽為了讓我熟悉環境，所以帶我到幼稚園去走一走，我看到那裡的單槓，感到很好奇，就爬了上去，沒想到一不小心摔了下來，痛得我哇哇大

圖 5-20

哭！照完 X 光，才知道手骨折了，只好敷上厚厚的石膏，在家休息一個月，媽媽還特地為我拍了一張照片留念！

另一張照片裡的我，頭上腫了一個大包，真有趣！媽媽說我在兩歲的時候，喝完牛奶後，頭上忽然腫了起來，媽媽嚇了一跳，趕緊送我去醫院，才知道原來是蚊子作怪，終於鬆了一口氣。

雖然只是兩張照片，卻使我感到溫暖無限，從照片的回憶中顯露出媽媽的愛與關懷，細細的咀嚼，感受到自己是幸福的孩子，擁有最溫馨的母愛。

第九節　尾段感想法

　　文章的結尾是總收全文，延伸感情和思想的關鍵（徐廣、張伯琦，1997）。學生寫文章時，有時會流於機械性的寫作，不斷敘述事件或結果，忽略內心感受的表白，讀起來生硬而缺乏情感，難以引發讀者的共鳴。

　　徐廣、張伯琦（1997）指出文章的結尾就像最後一片美麗的漣漪，是總收全文，延伸感情及思想的關鍵，必須找到合適的結尾，才能讓文章容光煥發，引起讀者的迴響。然而，要能讓尾段引發讀者的感應，除了首尾呼應、注意修辭外，最重要的，在於要能流露作者內心的情感。

　　以「我在班上擔任的職務」而言，若是只顧說明自己擔當職務的工作性質，未流露出內心感謝同學支持的感受或服務大眾的精神，則缺乏前後呼應的完整性，所以尾段的心得感想其實在文章結構中占有相當重要的地位。

　　小朋友在初學寫作時，往往著重現況的描述，忽略內在情緒及想法的表達，老師不妨透過「情緒球」的活動，聆聽孩子吐露內在的心聲。

121

活動名稱	情緒球
理論基礎	本活動目標在學習認識自己的情緒、認知他人的情緒及妥善管理情緒。
適用年齡	三到十歲
活動流程	1. 請每一個孩子帶一張報紙。 2. 請孩子將報紙撕成條狀。 3. 然後將撕成條狀的報紙搓成一個球。 4. 用色紙貼在球的表面上，做成一個臉。 5. 要小朋友在臉上畫出表情，例如哭、笑、生氣等。 6. 老師把球蒐集起來，請每一位小朋友上台來抽球，學生抽到的球，根據球臉上的表情，先表演再說出自己生活中發生相似情緒的事件。
注意事項	老師在教孩子做情緒球的同時，自己也可以做兩三個情緒球，配合孩子表達情緒的缺口，增加豐富的臉譜，以幫助孩子辨識更多的情緒。
活動後的省思	1. 這個活動可以讓孩子學到如何表達情緒及理解情緒，使其面對人際間的負面情緒時，多一份同理心。 2. 活動後可以問孩子：「有哪些是負面情緒，讓人覺得不高興或不舒服？」「面對負面情緒時，你要怎樣才能將負面情緒變成正面情緒？」

我最愛看的電視節目　頂溪國小四年級　徐御唐

每到星期六下午六點半，我就會坐在電視機前，收看我最愛看的電視節目「新遊戲王」。

圖 5-21

「新遊戲王」這部卡通，主要描述一個叫武藤的人，他時常和別的決鬥者決鬥，當他快要輸的時候，他的朋友就會在一旁為他加油打氣，給他更多的信心和勇氣，由於朋友的鼓勵，武藤時常在最後的緊要關頭反敗為勝。

每當我觀看這部卡通時，我的整個人都融入故事的情節中，好像自己就是其中的決鬥者，當武藤快要被打敗時，我會為他捏一把冷汗；當他勝利成功時，我也雀躍不已的拍手叫好，我的心情像在坐海盜船，時而盪到谷底，時而飛越雲端，渾然忘我的感受，讓人大呼刺激！

「新遊戲王」之所以如此吸引我，是因為它突顯出友情的可貴，武藤不屈不撓的毅力和堅強的鬥志，也是值得我學習的地方。

《三國演義》讀後感　古亭國小六年級　徐御凡

《三國演義》是我最喜愛的古典小說之一，我前後已經看了不下十遍，精采的劇情令人百看不厭，每次書一拿到手就欲罷不能。

故事中除了足智多謀的孔明、周瑜，驍勇善戰的關羽、張

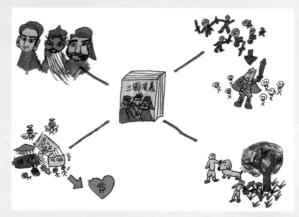

圖 5-22

飛，可歌可泣的事蹟令人讚嘆之外，令我感受最深的是：每一場黃沙滾滾的戰役，都死傷了無數無辜的生命，血流成河，戰爭是多麼殘酷無情！

想起來古代的人民真可憐！生命是如此不受尊重，君王一發動戰爭，就死傷千百萬人，只為了成就少數人的霸業，真所謂「一將功成萬骨枯」。

反觀現代社會，生命備受重視與珍惜，猶記九二一大地震之後，死傷慘重，全台震驚不已，大家有錢出錢，有力出力，為受難者重建家園，讓人感受到社會充滿著愛和關懷。

生命是無價的，不僅人與人之間應該相互尊重，即使是動物、昆蟲，甚至花草樹木都應愛護，希望人人都能和平相處，不要有戰爭與殺伐，讓社會更和樂安詳。

第十節　童詩創作

　　古人說：「詩中有畫，畫中有詩」，可見詩的意境深遠，帶領人們在想像的天地展翅翱翔，不僅豐富了我們的生活，更洗滌我們的心靈，更啟發我們的智慧。對於天真爛漫的兒童來說，寫童詩更可以發揮他們與生俱來「萬物有靈」的概念，培養敏銳的觀察力，為各種修辭做出最精妙的詮釋，因此童詩一直是兒童文學的主流。

　　教師在教導童詩創作之前，除了先介紹修辭技巧外，更應對童詩的格式加以說明，讓孩子對於如何寫童詩有更深入的了解。

一、童詩必須分行書寫，並加上標點符號

　　陳木城（1992）指出童詩必須分行排列，並且加上標點符號，如此一來，可以讓讀者一目瞭然，更能體會詩的境界。

二、童詩必須加以分段，使之有條有理

　　陳木城（1992）指出分段的原則，主要在寫完一個意思，要寫另一個意思時；或寫完一個代表物，要寫另一個代表物時，此外，朗讀時需要停頓久一點的地方，也是適合分段之處。

三、童詩講求精鍊，應盡量省去連接詞

　　許麗霞在《童詩開門》中指出：「在文章中，我們時常會用到許多連接詞，例如但是、雖然、可是等等，使文章一氣呵成，前後連貫，但寫詩時要省

去連接詞，使文章更精鍊。」

四、透過繪畫或心智繪圖可以引起共鳴

寫童詩時，可以讓孩子先畫一幅畫或心智繪圖，再從畫中找尋靈感，引發沉思和聯想，誠如古人所強調「詩畫合一」的境界。

教導童詩時，透過擬人法就可以幫助孩子勾勒出一篇又一篇動人的小詩，像顏傳卉小朋友所寫的「樹的一生」，就將樹的心聲描繪得淋漓盡致。

樹的一生　頂溪國小三年級　顏傳卉

春天，
樹很開心，
因為小鳥和蝴蝶都會在身邊陪它玩。

夏天，
樹很開朗，
因為它幫助許多人，
大家都把它當作涼亭，
在樹下吹著微風乘涼。

秋天，
樹的葉子不斷飄落，
樹很傷心，
一直哭個不停。

冬天，
樹很孤單，
因為天氣很冷，
大家都不出門，
只有小雪人陪伴它。

圖 5-23

127

陳亭宇小朋友除了擬人法之外，又加入了雨聲「淅瀝淅瀝，嘩啦嘩啦」的摹聲法，以及「天空妹妹為什麼哭泣呢？」的設問法，純真的巧思令人回味無窮。

彩虹　頂溪國小三年級　陳亭宇

淅瀝淅瀝——

嘩啦嘩啦——

天空妹妹為什麼哭泣呢？

她哭的好傷心，

原來是調皮的太陽公公把天空妹妹弄傷了。

雲姊姊看了真捨不得，

立刻幫天空妹妹擦擦藥，

不痛了，

天空妹妹不哭了，

露出了彩色的笑容。

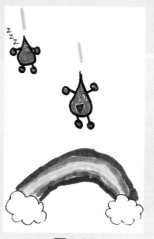

圖5-24

　　李宜勳小朋友除了擬人法之外，又加入了感嘆法「雲呀！」「山哪！」，讀起來很感性，並運用「是不是想當他的游泳圈呢？」「是不是應該跟河流弟弟玩一玩呢？」的設問法，簡潔的小詩蘊含著豐富的想像力，讓人眼睛為之一亮。

雲和山　頂溪國小三年級　李宜勳
雲呀！雲呀！
你把山圍起來，
是不是想當他的游泳圈呢？

山哪！山哪！
你有了游泳圈，
是不是應該跟河流弟弟玩一玩呢？

圖 5-25

129

張琪小朋友運用擬人法自編故事，情節精采有趣，巧妙的心思，令人讚嘆不已，讓人看了愛不釋手。

彩虹　頂溪國小三年級　張琪

白雲妹妹和山哥哥一起玩躲貓貓，
白雲妹妹躲在山哥哥後面，
山哥哥裝做不知道。

白雲妹妹出來的時候，
山哥哥一把抓住白雲妹妹，
卻看到白雲妹妹跳來跳去，
一副很高興的樣子。

山哥哥問：
「妳為什麼這麼高興？」
白雲妹妹說：
「因為快下雨了，
我就可以拿出美麗的七彩圍巾。」
下了一場雨後，
白雲妹妹披上七彩圍巾，
山哥哥看了，目瞪口呆的說：「真是美極了！」

圖 5-26

　　教導童詩創作時，可以教孩子用譬喻法和舉例法來描繪人物，例如育同所寫的「我的弟弟」中，提到「你是我的影子」，這是譬喻法，再加以舉例說明，寫出「每次我孤單的時候，你都會陪我玩」，讓我們更了解譬喻法的用意。

我的弟弟 頂溪國小三年級 李育同

弟弟　弟弟
可愛的　討人喜歡的弟弟
你是我的影子
每次我孤單的時候
你都會陪我玩

弟弟　弟弟
大方的　有錢的弟弟
你是我的銀行
每次我需要錢的時候
你都會借錢給我

弟弟　弟弟
溫暖的　體貼的弟弟
你是我的水壺
每次我口渴的時候
你都會倒水給我喝

弟弟　弟弟
我們的緣分是上天注定的
因為我們是同年同月同日生的雙胞胎兄弟

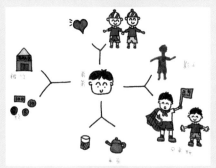

圖 5-27

親親我的愛　常雅珍

乖寶　乖寶
你是猜謎專家，
你說出的謎題千變萬化，
每當你哭著對我說：「大布袋！大布袋！」
我思考了許久，
才知道原來是「打不開」。

乖寶　乖寶
你是說笑話高手，
你的幽默感無人能及，
每當你看到卡車傾倒泥土時，
不可思議的對我說：「你看！卡車嗯嗯了，它大出來了！」
真讓我哭笑不得。

乖寶　乖寶
你是我的蠻牛，
我疲憊的倦容
只要一經你深情的呼喚，
頓時神清氣爽，精神百倍。

圖 5-28

乖寶　乖寶
你深邃的酒窩，
潛藏著波濤洶湧的情感，
緊緊的抓住我的心，
我想輕輕的對你說：「媽媽真的好愛你。」

133

附　錄

三年七班　姓名　陳尚平

成語和應用

好書推薦

一、書名：

二、喜愛的原因：

三、佳句摘錄：

四、心得感想：

好書推薦

一、書名：全腦開發記憶策略與實務

二、喜愛的原因：

這本書介紹許多有趣又好玩的記憶方法，我常利用這些方法來幫忙記住許多複雜難背的資料，因此讀書變得輕鬆又有效果。

三、佳句摘錄：

1. 故事揮動孩子們與生俱來的想像翅膀，讓他們隨之進入充滿圖像色彩的新天地。
2. 具有幽默情節的故事，笑料百出，能讓人讀了之後捧腹不已。

四、心得感想：

看完這本書，我學到了許多記憶的策略。其中我最喜歡又最常用的是「身體掛勾法」、「心智繪圖」、「故事、記憶法」和「數字魔術記憶策略」等。這些方法幫助我把枯燥瑣碎的資料變得充滿趣味，不但印象深刻又記得牢，使我的頭腦像電腦一樣，可以儲存許多資料，要用到時又可以隨時搜尋出來，真是方便極了！

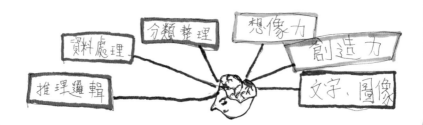

掃地　陳韋嫻

下課鐘響了，
準備打掃了，
最近大家都把垃圾扔在地上，
讓**垃圾**桶餓得不得了，
所以掃把就把垃圾掃入垃圾桶的嘴內，
垃圾桶說：「謝謝！」
掃把說：「不客氣，
以後我再餵你吃垃圾。」
垃圾桶說：「我等不及了。」
有了掃把，
垃圾桶就不會餓了吧。

四季　鄭軒鵬

秋天，被水彩染上紅色的楓葉們，一直吵著美麗。

冬天，好像地球都打起雪仗了，凍得使我結成冰。

春天，花兒們唱來唱去，比誰唱得好，開得美。

夏天，天空在開暖氣，熱得我快化了，冬天小姐快快來。

138

參考書目

王淑俐（1994）。說故事的意義。*師友*，*329*，26-29。

方致芬（2004）。談說故事的技巧。*國民教育*，*44*（4），47-54。

方淑貞（2003）。*Fun 的教學*。台北：心理。

吳幸宜譯（1994）。*學習理論與教學應用*。台北：心理。

李明傑（1998）。談大姐姐說故事對兒童的影響。*台北市立圖書館管訊*，*16*（1），96-100。

林敏宜（2000）。*圖畫書的欣賞與應用*。台北：心理。

施良方（1996）。*學習理論*。高雄：復文。

孫志麟（1999）。教師自我效能：有效教學的關鍵。*教育研究資訊*，*7*（6），170-187。

孫易新（2002）。*心智圖法*。台北：耶魯。

孫晴峰（1999）。*炒一盤作文的好菜*。台北：台灣。

高源令（1996）。建立信心因應挑戰。*建中學報*，*2*，171-191。

徐廣、張伯琦（1997）。*揭開作文的奧秘*。台北：螢火蟲。

陳木城（1999）。*童詩開門*。國語日報。

張春興（1996a）。*現代心理學*。台北：東華。

張春興（1996b）。*教育心理學——三化取向的理論與實踐*。台北：東華。

郭順利（1998）。班度拉的社會學習論及其在國中生教育上的應用。*教育研究*，*6*，375-386。

許道然（1994）。社會學習論在管理上的運用。*人事月刊*，*6*，52-62。

黃秋芳（1999）。*親愛的，我們把作文變快樂了*。台北：螢火蟲。

蔡秀玲、楊智馨（2000）。*情緒管理*。台北：揚智。

蔡麗芳（1998）。說教事在兒童諮商中的應用。*輔導季刊，34*（2），33-39。

鄭發明（1998）。*用修辭學作文*。台北：螢火蟲。

鄭博真（1993）。*小學生作文寶典*。台南：小叮噹。

鍾家瑄（1992）。*說故事之研究*。國立台灣大學圖書館學研究所碩士論文。
（未出版）

羅瑞玉（1993）。班度拉社會學習論及其在生活教育上的涵義。*高市文教，49*，15-21。

Baker, L. & Brown, A. L. (1984). Metacognitive Skills and Reading. In P. D. Pearson (ED.), *Handbook of reading reasarch* (pp. 353-394). NY: Longman.

Bandura, A., Walters, R. H. (1963). *Social learning and personality development*. NY: Holt, Rinehart & Winston.

Bandura (1977). *Social learning theory.* Englewood Cliff. NJ: Prentice-Hall.

Bandura, A. (1982). Self-efficacy Mechanism in Human Agency. *American psychologist, 37,* 122-147.

Bandura, A. (1986). *Social foundation of thought and action : A social cognitive theory.*

Borkowski, J. G. & Cavanaugh, J. C. (1979). Maintenance and Generalization of Skills and Strategies by the Rewarded. In N. R. Ellis (Ed.), *Handbook of mental deficiency, psychological theory and reasarch* (2nd ed., pp.569-617). Hillsdale, NJ: Erlbaum.

Brown, A. L., Palinsar, A. S., & Armbruster, B. B. (1984). Instructing Comprehension-fostering Activities in Interactive Learning Situations. In H. Mandl, N. L. Stein, & T. Trabasso (Eds), *Learning and comprehension of text* (pp. 255-286). Hillsdale, NJ: Erlbaum.

Hallahan, D. P., Kneedler, R. D., & Lloyd, J. W. (1983). Cognitive Behavior Modification Techniques for Learning Disabled Children: Self-instruction and Self-monitoring. In J. D. McKinney & L. Feagans (Eds.), *Current topics in learning disabili-*

ties (pp. 207-244). Norwood, NJ: Ablex.

Harris, K. R. (1982). Cognitive-behavior Modification: Application with Exceptional Children. *Focusn on Exceptional Children, 15,* 1-16.

Kazdin, A. E. (1978). Covert Modeling: The Therapeutic Application of Imagined re-hearsal. In J. L. Singer & K. S. Pope (Eds.), *The power of human imagination: New method in psychotherapy* (pp. 255-278). NY: Plenum.

Lepper, M. R. & Greene, D. (1978). *The hidden costs of reward: New perspectives on the psychology of human motivation.* Hillsdale. NJ: Erlbum.

Licht, B. G. & Kistner, J. A. (1986). Motivational Problems of Learning-disabled Chil-dren: Individual Difference and Their Implications for Treatment. In J. K. Torges-en & B. W. L. Wong (Eds.), *Psychological and educational perspectives on learning disabilities* (pp. 225-255). Orlando, FL: Academicn Press.

Locke, E. A., Shaw, K. N., Saari, L. M., & Latham, G. P. (1981). Goal Setting and Task Performance: 1969-1980. *Psychological Bulletin, 90,* 125-152.

Meichenbaum, D. (1977). *Cognitive behavior modification: An integrative approach.* NY: Plenum.

Perry, D. G. & Bussey, K. (1979). The Social Learning Theory of Sex Difference: Imi-tation is Alive and Well. *Journal of Personality and Social Psychology, 37,* 1699-1712.

Schunk, D. H. (1985). Self-efficacy and Classroom Learning. *Psychology in the Schoo-ls, 22,* 208-223.

Suls, J. M. & Miller, R. C. (1977). *Social comparison process: Theoretical and empirical perspectives.* Washington, DC: Hemisphere.

Vygotsky, L. S. (1962). *Thought and language.* Cambridge, MA: MIT.

國家圖書館出版品預行編目資料

創意作文新祕笈─觀察學習＋心智繪圖／常雅珍著.
-- 初版. -- 臺北市：心理，2005（民 94）
面；　公分. --（教育現場；9）
參考書面；面

ISBN 978-957-702-841-9（平裝）

1. 中國語言─作文─教學法

802.703　　　　　　　　　　　　　　　　　94020205

教育現場9　　**創意作文新祕笈─觀察學習＋心智繪圖**

作　　　者：常雅珍
執行編輯：李　晶
總　編　輯：林敬堯
發　行　人：洪有義
出　版　者：心理出版社股份有限公司
社　　　址：台北市和平東路一段 180 號 7 樓
總　　　機：(02) 23671490　　傳　　真：(02) 23671457
郵　　　撥：19293172　心理出版社股份有限公司
電子信箱：psychoco@ms15.hinet.net
網　　　址：www.psy.com.tw
駐美代表：Lisa Wu　　tel: 973 546-5845　　fax: 973 546-7651
登　記　證：局版北市業字第 1372 號
電腦排版：辰皓國際出版製作有限公司
印　刷　者：辰皓國際出版製作有限公司
初版一刷：2005 年 12 月
初版二刷：2008 年 7 月

定價：新台幣 350 元　　■有著作權·侵害必究■
ISBN 978-957-702-841-9

讀者意見回函卡

No._____   填寫日期：　年　月　日

感謝您購買本公司出版品。為提升我們的服務品質，請惠填以下資料寄回本社【或傳真(02)2367-1457】提供我們出書、修訂及辦活動之參考。您將不定期收到本公司最新出版及活動訊息。謝謝您！

姓名：_____　　性別：1□男　2□女

職業：1□教師 2□學生 3□上班族 4□家庭主婦 5□自由業 6□其他____

學歷：1□博士 2□碩士 3□大學 4□專科 5□高中 6□國中 7□國中以下

服務單位：_____　部門：_____　職稱：_____

服務地址：_____　電話：_____　傳真：_____

住家地址：_____　電話：_____　傳真：_____

電子郵件地址：_____

書名：_____

一、您認為本書的優點：（可複選）

　❶□內容 ❷□文筆 ❸□校對 ❹□編排 ❺□封面 ❻□其他____

二、您認為本書需再加強的地方：（可複選）

　❶□內容 ❷□文筆 ❸□校對 ❹□編排 ❺□封面 ❻□其他____

三、您購買本書的消息來源：（請單選）

　❶□本公司 ❷□逛書局⇨_____書局 ❸□老師或親友介紹

　❹□書展⇨____書展 ❺□心理心雜誌 ❻□書評 ❼其他_____

四、您希望我們舉辦何種活動：（可複選）

　❶□作者演講 ❷□研習會 ❸□研討會 ❹□書展 ❺□其他____

五、您購買本書的原因：（可複選）

　❶□對主題感興趣 ❷□上課教材⇨課程名稱_____

　❸□舉辦活動　❹□其他_____　　（請翻頁繼續）

| 廣　告　回　信 |
| 台 北 郵 局 登 記 證 |
| 台 北 廣 字 第 940 號 |

（免貼郵票）

 心理出版社 股份有限公司

台北市 106 和平東路一段 180 號 7 樓

TEL: (02) 2367-1490
FAX: (02) 2367-1457
EMAIL:psychoco@ms15.hinet.net

沿線對折訂好後寄回

六、您希望我們多出版何種類型的書籍

❶□心理 ❷□輔導 ❸□教育 ❹□社工 ❺□測驗 ❻□其他

七、如果您是老師，是否有撰寫教科書的計劃：□有□無

　　書名／課程：_____

八、您教授／修習的課程：

上學期：_____

下學期：_____

進修班：_____

暑　假：_____

寒　假：_____

學分班：_____

九、您的其他意見

_____

謝謝您的指教！　　　　　　　　　　　　41109